Un gentleman à la mer

Collection dirigée par Lidia Breda

Herbert Clyde Lewis

Un gentleman à la mer

Traduction de l'anglais (États-Unis)
et postface de Fanny Quément

Rivages poche
Petite Bibliothèque

Retrouvez l'ensemble des parutions
des Éditions Payot & Rivages sur

payot-rivages.fr

TITRE ORIGINAL :
Gentleman Overboard

À Gita.

1

Quand Henry Preston Standish tomba tout droit dans l'océan Pacifique, le soleil pointait à peine au levant. La mer avait le calme d'un lagon ; il faisait si bon et la brise était si douce qu'un homme ne pouvait que s'emplir d'une divine tristesse. Dans cette région du Pacifique, l'aurore n'arrivait pas en fanfare : le soleil se contentait d'accoler son dôme orange à l'extrême circonférence et poussait lentement mais sûrement, si bien que les étoiles pâlissantes avaient amplement le temps de s'évanouir avec la nuit. En fait, Standish réfléchissait à tout ce qui distingue l'aurore de la tombée du jour quand il fit le pas malheureux qui le précipita dans les eaux. Il se disait que la nature était d'une générosité magnifiquement débordante avec les couchers de soleil, peignant les nuages de couleurs si rayonnantes et ruisselantes qu'aucun homme doté d'une sensibilité esthétique ne pût jamais les oublier. Et il se disait que pour quelque inexplicable raison, la nature était au contraire singulièrement radine quand le soleil se levait sur ce même océan.

L'*Arabella* naviguait méthodiquement de Honolulu jusqu'au canal du Panama. Elle atteindrait Balboa huit jours et huit nuits plus tard. Cette route était peu empruntée. En dehors de l'*Arabella*, qui transportait ses passagers toutes les trois semaines, seuls quelques cargos faisaient le trajet, uniquement sur demande. Les navires étrangers n'avaient pas grande raison de passer par là, car les États-Unis contrôlaient la majeure partie des échanges avec les îles et l'essentiel du commerce se faisait avec San Pedro, San Francisco et Seattle. En treize jours et treize nuits de voyage, l'*Arabella* n'avait croisé qu'un seul autre bateau, en route pour Hawaï. Standish ne l'avait pas vu. Il lisait une revue dans sa cabine, mais le second, Mr Prisk, l'en avait informé par la suite. C'était un cargo avec un nom vaguement scandinave qu'il avait oublié presque aussitôt.

Le voyage avait jusqu'alors été d'un calme si délicieux que Standish ne se lassait pas de remercier sa bonne étoile de l'avoir poussé à embarquer sur l'*Arabella*. Lui dont la vie n'était que devoirs et préoccupations, comme le voulait sa position, il se souviendrait toujours de ce voyage comme d'un moment exceptionnel, simple et bon. Quand bien même il ne connaîtrait plus jamais la tranquillité, il ne se renfrognerait pas, car il saurait qu'elle existe. Sa bonne étoile était l'étoile Polaire. Elle n'était pas très haute à cette latitude, et s'il l'avait choisie parmi tant d'autres, c'était qu'il ne connaissait pas bien les étoiles, et qu'elle était particulièrement facile à retrouver.

L'*Arabella* était en fait un cargo dont la partie centrale avait été aménagée pour le transport de quelques passagers. Standish voyageait avec huit autres personnes. Il y avait la remarquablement fertile Mrs Benson, qui avait gratifié son mari de quatre enfants en moins de cinq années. Mr Benson n'était pas de la partie, contrairement à ses quatre répliques, trois filles et un garçon dont les âges allaient de presque zéro à trois ans et huit mois. Et même si Standish ne l'avait pas rencontré, c'était tout comme, car Mrs Benson lui en avait fait un portrait détaillé. Mr Benson travaillait comme contrôleur des comptes itinérant pour une banque. Leurs chemins s'étaient séparés d'une manière ou d'une autre et Mrs Benson allait maintenant le rejoindre au Panama.

Deux des trois autres passagers étaient des missionnaires, Mr et Mrs Brown, qui semblaient dresser une barrière devant eux chaque fois que Standish les approchait, comme pour suggérer qu'ils en savaient tellement plus que lui sur Dieu qu'il était inutile de vouloir sympathiser. Le dernier compagnon de bord de Standish était un fermier yankee de soixante-treize ans, un certain Nat Adams, qui ne pouvait donner aucune explication rationnelle à sa présence. Après toute une vie d'honnête labeur, deux choses importantes et concomitantes lui étaient arrivées : une bonne récolte de pommes de terre et une crise de voyagite aiguë. Il avait laissé tomber la charrue et acheté des billets au hasard. À bord de l'*Arabella*, il était devenu le fidèle camarade de Standish. Il ne tarissait jamais d'éloges pour les vertus de son dentier, qu'il tirait de sa bouche et montrait fièrement à la moindre occasion.

Cette traversée ne rapportait rien aux propriétaires de l'*Arabella*. Il était question de suspendre le service entre le Panama et Hawaï l'année suivante. La cargaison n'était pas très importante, et le navire était en partie ballasté. Mr Prisk était franchement inquiet, car il n'était plus tout jeune et les deux enfants qu'il avait à Baltimore continuaient de grandir. Cela faisait trois ans qu'il ne les avait pas vus, pas plus que sa femme, mais la compagnie envoyait automatiquement quatre-vingts pour cent de son salaire de second à Mrs Prisk, lui laissant tout juste de quoi s'acheter du tabac et des cirés.

Le capitaine Bell ne faisait jamais attention à ses passagers. Il dînait avec eux le premier soir, puis il se retirait dans sa cabine et poursuivait son voyage dans la solitude. Mr Prisk disait que le capitaine était un grand passionné de bateaux miniatures et qu'il avait passé les trois dernières traversées à reproduire une goélette à quatre mâts. Les deux autres seconds, les ingénieurs et Sparks étaient tous de braves compères qui enchaînaient les parties de bridge contrat, le marin quittant la vigie reprenant immédiatement la main de celui qui montait faire son quart. Ils étaient aimables envers les passagers et Mr Travis, le chef mécanicien, leur montrait volontiers les profondeurs de la salle des machines, mais le bridge passait avant tout. Étant donné que Mr Prisk était devenu second dans le respect de la tradition, en commençant comme simple matelot et en gravissant les échelons, il ne pouvait pas jouer au bridge contrat, seulement à l'innommable bridge aux enchères. Ainsi la solitude le forçait-elle à côtoyer les passagers de temps à autre.

Standish se plut tout de suite beaucoup à bord de l'*Arabella*. Il parvenait à répondre aux questions sur sa propre personne sans trop en dire, mais sans trop faire de mystères non plus, et il passait la majeure partie de son temps à enquêter l'air de rien sur la vie de ses compagnons de bord.

C'était très facile : excepté les deux missionnaires, ils étaient tous ravis de pouvoir s'épancher. Standish réalisa qu'il avait une irrépressible envie d'en savoir plus sur ces gens ; pour la première fois de sa vie, il s'intéressait sincèrement à des inconnus. Il passait des heures à contempler le visage flétri de Nat Adams, à sonder les yeux bleus et l'air satisfait de Mrs Benson. Et les enfants Benson étaient une source de joie permanente. Standish s'avouait que le petit Jimmy et la petite Gladys le comblaient plus que ne l'avaient jamais comblé les deux enfants de sa propre famille à New York, et pourtant Dieu sait qu'il aimait ses enfants comme tout autre père. Il ne jouait pas avec Jimmy et Gladys : il se contentait de rester sur son transat et de les regarder faire les fous. Écouter leurs grands éclats de rire, regarder leurs corps en pleine santé et leur peau joliment hâlée, tout cela emplissait Standish d'une douce mélancolie.

Tout était absolument fantastique. Il avait suffi d'une journée pour que la mer, un peu tempétueuse au large de Honolulu, devînt si incroyablement calme que l'*Arabella* semblait voguer sur un miroir. Le temps était parfait ; c'était le seul mot que Standish pût trouver pour le décrire. En fait, Standish s'accommodait très bien des superlatifs habituels quand il se dépeignait son voyage. Il y avait des choses pour lesquelles il n'avait pas les mots, comme les couleurs des couchers de soleil, la douceur de la houle, l'immensité des ciels étoilés. Pour le reste (la cabine qu'on lui avait attribuée, la nourriture, l'air, la couchette suffisamment ferme, les draps propres et les couvertures qui sentaient bon la lessive) il trouvait tout cela épatant, merveilleux, magnifique. Il mangeait beaucoup, puis faisait de l'exercice dans la piscine en toile installée sur la dunette, et le soir il se contentait de s'asseoir, de fumer ses cigarettes et d'écouter Nat Adams essayer de lui expliquer comment l'envie de voir le monde s'était soudain emparée d'un riche fermier de la Nouvelle-Angleterre.

Il se couchait très tôt tous les soirs, ce qui expliquait qu'il eût été là où il était quand il tomba dans l'océan. Tiré de son sommeil à quatre heures du matin par le tintement des huit cloches à l'avant du pont, Standish resta sous ses draps propres une vingtaine de minutes, avec le sentiment d'être délicieusement réveillé. Il avait regagné sa cabine à neuf heures la veille au soir, et comme il était à présent 4 h 20, Standish savait qu'il ne se rendormirait pas. Le hublot juste au-dessus de sa couchette était grand ouvert. Il s'assit et appuya son menton sur le cuivre froid. C'était une étrange sensation, parcourant tout son dos de voluptueux frissons. Il passa finalement la tête par le hublot pour laisser l'air marin fouetter son visage. Un peu plus bas le navire fendait les flots dans un râle continu. Standish fut transporté par la vue du grand ciel étoilé. Tout était si magnifique qu'il avait l'impression d'être un jeune enfant.

En rentrant la tête, Standish décida de se lever et de s'habiller. Il s'était rasé avant de se coucher et son bain pouvait attendre, il le prendrait entre le petit déjeuner et son heure de natation. Il se contenterait pour le moment de s'habiller, de sortir flâner et de regarder le soleil se lever.

Même sur ce simple navire Standish soignait sa toilette. Il trouvait qu'il n'était pas du genre à s'attifer de pantalons larges ou de tenues de sport fantaisistes. Depuis le début du voyage, il portait ses costumes d'homme d'affaires conservateur. Il en avait cinq en tout, et après avoir appuyé sur l'interrupteur de la lampe Standish sortit un costume gris de sa grande malle de cabine installée dans l'angle. Mais il commença par ôter son pyjama, puis, dans le plus simple appareil, il utilisa le lavabo de sa cabine pour se laver les dents, les mains et le visage. Il peigna ensuite ses cheveux raides, disciplinés, d'un noir terne. Quand il fut habillé il retira soigneusement son argent, ses clefs et le portefeuille contenant ses papiers du costume marron qu'il avait porté la veille pour les ranger dans son costume gris, en les glissant dans les poches appropriées.

Une fois dans le corridor, il éprouva ce sentiment qu'il éprouvait toujours à bord de l'*Arabella*, le sentiment d'être un petit polisson qui manigançait quelque diablerie. Les lieux étaient empreints d'une telle sérénité que le vrombissement de la salle des machines fit encore frissonner Standish. Il marchait presque sur la pointe des pieds, comme si le bruit de ses pas sur les plaques d'acier eût été sacrilège. Le monde était plongé dans un silence si grand que Standish n'en revenait pas. Le navire solitaire avançant lentement sur l'immense océan, les millions d'étoiles s'évanouissant dans le grand firmament... toutes ces choses avaient trait aux éléments, et elles apaisaient Standish en même temps qu'elles le troublaient. C'était comme s'il réalisait pour la première fois que tous les tracas de sa vie n'avaient aucun sens et aucune importance, et il avait honte de s'être tracassé dans ce monde, celui-là même qui lui offrait ce tableau.

Standish traversa tranquillement le carré vide et se servit une tasse de café noir au percolateur que l'*Arabella* mettait à disposition toute la nuit. Il but son café sans sucre, laissant le liquide amer et chaud le réveiller de l'intérieur. Puis il fuma sa première cigarette, à grandes bouffées. L'air de la mer lui faisait un bien fou : la toux de fumeur rocailleuse dont il souffrait quand il avait fui son épouse plusieurs mois plus tôt avait complètement disparu. Depuis toujours un homme solide qui prenait grand soin de lui-même, Standish savait qu'il était à présent au sommet de sa forme. Il avait trente-cinq ans, et ne s'était jamais mieux porté.

Il était presque cinq heures, et le soleil allait se lever. Standish gagna la dunette à pas feutrés et s'assit quelques minutes sur la bâche humide qui fermait l'écoutille. Ensuite, comme il s'impatientait sans raison (impatience dont il se souviendrait parfaitement plus tard), il passa la porte coupe-feu et emprunta le corridor de l'entrepont, où se trouvaient la cambuse, le poste d'équipage, les quartiers des commis et d'autres pièces de ce genre. Le cuisinier, un Noir d'Amérique, allumait le poêle de la cambuse d'une main encore sommeilleuse.

Standish lui dit bonjour, à contrecœur : les voix humaines, y compris la sienne, rompaient le charme du tableau. Le cuisinier lui fit un grand sourire et le salua en retour, ajoutant une phrase toute faite à propos de Mr Standish, toujours le premier levé. « Ah, oui », répondit Standish avant de passer son chemin, s'éloignant d'une vingtaine de mètres. C'était son endroit préféré du petit matin sur l'*Arabella*. Son endroit préféré du soir était sur le pont des embarcations, derrière l'un des canots de sauvetage, où il pouvait s'asseoir seul et regarder le soleil se coucher dans un ciel de toute beauté. Mais cet endroit du matin était particulièrement bien trouvé. C'était une ouverture dans la coque du navire : le corridor tournait un peu avant de mener à l'extrême tribord, puis il y avait deux grosses portes coupe-feu munies de plus de verrous qu'un coffre. Étant donné que l'*Arabella* naviguait sur une mer parfaitement calme, et que les bulletins radiophoniques continuaient d'annoncer le beau fixe, ces portes restaient ouvertes jour et nuit. C'était l'endroit le plus proche de la mer. On pouvait s'agripper à l'un des nombreux goussets et se pencher loin pour regarder l'eau. Il n'y avait pas cinq mètres jusqu'à l'océan Pacifique, et sur la ligne de flottaison l'écume et le bouillonnement des eaux changeaient de couleur au fil de la journée. Il arrivait qu'on fût pris d'un léger vertige si l'on regardait trop longtemps, et Standish regarda très longtemps. Cela, néanmoins, ne fut pas la cause de son malheur. Normal en tous points, Standish n'était pas sujet au vertige.

Il resta là un long moment, probablement quinze minutes, à se contenter d'écouter le bouillonnement mélancolique de l'eau et le vrombissement des moteurs de l'*Arabella*, respirant calmement l'air doux sans quitter des yeux l'imperceptible dilution de la nuit dans le jour. Cependant, comme bien souvent, il s'agissait d'un plaisir dont un homme adulte se lasse dès qu'il en abuse. L'excitation d'être aussi dangereusement proche de l'océan s'estompa bientôt chez Standish, et il se sentit un peu bête. S'il se sentait si bête, comprit-il des heures plus tard, c'était qu'il éprouvait l'excitation d'un enfant, et tous les vrais hommes adultes s'en agacent vivement dès qu'ils en prennent conscience.

Standish décida de lever le pied, mais il réalisa soudain qu'il ne lui restait plus beaucoup de matins à passer ici. La semaine prochaine, Balboa ; ensuite un autre navire à bord duquel le smoking serait probablement de rigueur au dîner – direction New York, les enfants et Olivia. Il eût aimé s'asseoir un moment sur le pont, les pieds dans le vide le long des flancs de l'*Arabella*, s'il n'y avait eu plusieurs taches de graisse sur le sol. C'était là que les commis venaient jeter les ordures à la mer tous les soirs. Ils avaient manifestement fait un peu vite cette fois-ci : des épluchures de pomme de terre et d'autres petits restes traînaient sur le pont, et il s'en dégageait une odeur un peu gênante, mais pas au point de gâter le plaisir de Standish. Plus tard, supposait-il, les marins brosseraient le pont.

Agrippé à un gousset parfaitement solide, Standish posa un dernier long regard sur le soleil qui se levait sur ce noble et calme océan. Il s'imagina qu'il n'oublierait jamais l'intensité de ce moment. Le monde respirait la dignité. La dignité, voilà ce qu'il fallait pour qu'un homme pût vivre en paix.

Standish médita finalement sans raison sur tout ce qui différenciait curieusement l'aurore de la brunante à cet endroit. Il décida de reprendre une tasse de café. Il recula du pied gauche tout en lâchant le gousset. Quand la semelle de sa chaussure gauche toucha le sol, elle tomba sur une tache de graisse. Standish eût éperdument voulu s'accrocher au gousset et se rattraper du pied droit. Mais il manqua le gousset, et son pied droit tomba sur une autre tache de graisse, à moins que ce ne fût la même – Standish n'élucida jamais ce point. La tache de graisse était trompeuse. Elle était grumeleuse et poisseuse en surface, si bien que personne n'en eût soupçonné le danger. Mais en un seul coup de talon, vous vous retrouviez sur une vraie patinoire.

2

Le premier réflexe de Standish quand il tomba dans l'eau fut d'éviter de se faire broyer par l'hélice. C'était comme s'il avait passé sa vie à étudier la marche à suivre en cas de chute dans le Pacifique. L'instinct de survie rugit si férocement dans sa poitrine qu'il fit tout ce qu'il fallait faire. Bien des années plus tôt, quand Standish était encore jeune homme, le timonier d'un paquebot navigant de New York à la France lui avait dit, au détour d'une simple conversation, qu'un homme à la mer n'était pas si souvent broyé par l'hélice, contrairement à ce que croyaient les profanes. Standish avait oublié le nom du timonier, mais quelques instants plus tard il fut forcé d'admettre qu'à en juger par sa propre expérience, cet homme savait de quoi il parlait.

L'*Arabella* était un navire à hélice unique qui progressait à la maigre allure de dix nœuds.

La mer était aussi calme qu'un lac artificiel. Standish plongea tout droit comme un pantin dégingandé. D'abord les bras, puis la tête, puis le reste du corps, et il fléchit bizarrement les genoux quand il toucha l'océan.

Il se sentit tout de suite pris dans un mauvais tourbillon. L'*Arabella* essayait de le ramener vers son grand giron, tandis que la mer essayait de l'en extraire. Standish garda les yeux fermés, mais il se débattit et partit instinctivement dans la bonne direction. Mobilisant toute la force qu'il avait dans les biceps et les avant-bras, il se hissa jusqu'à la surface de l'eau et s'éloigna du navire. De nouveau l'*Arabella* l'aspira comme un gigantesque aimant, et de nouveau il battit furieusement l'écume. L'instant d'après il se sentit emporté avec force. « Seigneur Dieu !, se dit Standish. Seigneur Dieu ! » Il savait que la poupe approchait et il eut l'intuition qu'il serait inutile de lutter pendant les quelques prochaines et déterminantes secondes. Alors il se livra à son destin et sentit son corps faire plusieurs pirouettes et autres figures aquatiques bien malgré lui. À quel point ces folles acrobaties l'approchèrent-elles du moulin de l'hélice, Standish ne le découvrit jamais. Il se sentit soudain ballotté sans merci, comme une balle que se renverraient de gigantesques mains. Il fut emporté jusqu'à de telles profondeurs qu'il eut mal aux oreilles sous l'effet de la pression. Mais il était indemne. Il retint son souffle pendant toute la durée de ce supplice, garda les yeux et la bouche parfaitement fermés, et quand il refit surface un instant plus tard au centre du sillage écumeux de l'*Arabella*, il n'avait même pas bu la tasse.

Les pensées qui préoccupèrent Standish pendant ces quelques secondes relevaient étrangement moins de la peur que de la honte. Les hommes de son standing ne s'amusaient pas à tomber du pont d'un bateau en plein milieu de l'océan ; cela ne se faisait pas, un point c'est tout. C'était idiot, puéril et malpoli, et s'il y avait eu quelqu'un auprès de qui s'excuser, il eût demandé pardon. À New York, on savait bien que Standish ne faisait jamais d'histoires. Dans sa famille comme à l'école, son éducation lui avait inculqué la réserve. Même à l'adolescence, Standish s'était toujours bien comporté. Sans être aucunement snob ni trop à cheval sur les bonnes manières, Standish était un vrai gentleman, un gentleman de la bonne sorte, un gentleman discret. Tomber à l'eau, c'était causer un grand dérangement. Il fallait lancer des bouées de sauvetage. Le capitaine et le chef mécanicien devaient arrêter le bateau et lui faire faire demi-tour. Il y avait le canot de sauvetage à descendre, et puis il y aurait le spectacle de Standish, trempé et complètement débraillé, rendu à la tranquillité du bateau sous les yeux de tous les passagers qui, accoudés au bastingage, l'encourageraient de leurs sourires et ne manqueraient pas de lui raconter, par la suite, d'innombrables mésaventures similaires. Tomber à l'eau, c'était bien pire que de renverser le plateau d'un serveur ou de marcher sur la traîne d'une dame. C'était même plus embarrassant que le destin de cette jeune femme du monde qui, à New York, avait eu le malheur de trébucher et de dévaler tout un escalier tandis qu'elle faisait son entrée le soir de sa première représentation. C'était humiliant, mortifiant. Il y avait de quoi se maudire d'être aussi bête, de quoi vouloir se donner une bonne correction. Quand ce genre de choses arrivait aux autres, il était difficile de leur pardonner ces erreurs de misérable clown : leur embarras ne méritait aucune pitié.

Des pensées de cet ordre traversèrent l'esprit de Standish alors même qu'il roulait-boulait sous les eaux jusqu'à s'approcher Dieu seul sait jusqu'où des couperets de l'hélice. Ensuite, tandis qu'il fusait vers la surface dans l'espoir de reprendre une bouffée d'air, deux autres grandes idées prirent le dessus. Il se dit qu'il fallait immédiatement informer l'*Arabella* de sa situation. Mais il se dit aussi que c'était absolument hilarant, un homme de son âge qui tombait à l'eau.

Cependant, la première de ces deux idées l'emporta. Quand sa tête surgit de l'écume, il ouvrit la bouche et prit une grande respiration. Dans le même élan, il commença de crier au secours.

Mais aucun mot ne sortit de sa bouche. Tout en nageant machinalement sur place, Standish ouvrit les yeux et contempla la vue la plus terrifiante qu'il eût jamais contemplée, une vue si terrifiante que son esprit se figea momentanément, non pas sous l'effet de la peur, mais sous le coup de la surprise. Cette vue, c'était celle du derrière de l'*Arabella* qui s'exhibait monumentalement et lui lançait des regards ténébreux par tous ses hublots tandis qu'elle se retirait sur un océan d'écume. Standish n'avait jamais imaginé qu'un navire, ou quoi que ce fût d'autre, pût ressembler à cela. Au fil de ses voyages il était devenu fin connaisseur : il savait reconnaître un joli navire en un clin d'œil. À Honolulu, observant l'*Arabella* d'un peu loin tandis qu'elle se prélassait au bord de sa jetée, il l'avait tout de suite admirée. Elle était tout en longueur, ou du moins pas trop large, ses tuyaux et cheminées n'avaient rien d'incongru, sa coque était d'un humble gris, sa passerelle ne dépassait pas et sa dunette la couronnait d'une certaine grâce. L'*Arabella* évoquait le mariage du robuste et de la délicatesse – à Honolulu du moins. Elle avait l'allure d'une demoiselle, une demoiselle un peu gironde qui avait vu du pays, mais une demoiselle tout de même.

Mais Standish voyait désormais à quel point il s'était fourvoyé. Ses yeux s'exorbitèrent légèrement pendant les quelques secondes où, fasciné et horrifié, il ne put détourner son regard de cet indigne spectacle. Un jour au zoo de New York, il avait vu le postérieur d'un babouin dans toute sa vérité, et cette vision l'avait longuement fasciné jusqu'à ce que son moi raffiné eût repris le contrôle de son moi grossier, moment où il se détourna pour regarder les éléphants. La poupe de l'*Arabella* lui rappelait le derrière de ce babouin. Le moulin de l'hélice émettait un souffle insistant que Standish n'avait jamais entendu nulle part. Au-dessous de la dunette, d'où ces maudits hublots le regardaient d'un air solennel et sinistre, les courbes de la poupe plongeaient vers le gouvernail, signalant clairement par cette échancrure qu'il s'agissait là de parties intimes dont un honnête homme devrait détourner les yeux. En son centre, sous ses yeux-hublots, elle avait la peau tatouée de lettres monstrueusement gigantesques :

ARABELLA – NEW YORK

Si Standish avait eu le choix il n'eût pas regardé cette coquetterie avant de longues années de vie commune.

La poupe de l'*Arabella* était si imposante et lui, si petit, que Standish resta muet. C'était comme se promener dans Central Park le nez en l'air pour regarder les dômes en or des gratte-ciel du quartier et soudain, au détour d'un massif d'arbustes, tomber sur un dinosaure à petites cornes. Il y aurait de quoi rester interdit un bon moment avant de retrouver ses réflexes et de pousser un cri. Longtemps plus tard Standish décortiquerait tout cela et, sans pour autant réussir à se pardonner son manque de réactivité, il conviendrait avec lui-même que c'était inévitable.

L'*Arabella* avait avancé d'une bonne centaine de mètres entre-temps : au moins une trentaine avant que Standish ne regagnât la surface, et le reste pendant qu'il était demeuré là, sans voix. Son esprit finit par réaliser avec épouvante la perte de ces précieuses secondes. Il lutta furieusement contre lui-même pour retrouver son sang-froid et ce fut, peut-être, ce qui causa sa perte. Car il parvint, au prix d'un immense effort, à redevenir une personne rationnelle. Si son épouvante eût atteint un degré de peur extrême il eût appelé au secours, crié de toutes ses forces, hurlé à pleins poumons. Et peut-être une personne à bord de l'*Arabella* eût-elle entendu ses cris, bien que c'eût été surprenant compte tenu de l'étrange scène qui se déroulait alors dans le gaillard.

De fait, l'éducation de Standish le condamnait à être un gentleman jusque dans cet instant critique. Les Standish ne criaient pas : en trois générations de gentlemen, ils avaient transformé la trompette des premiers larynx Standish en un gentil violoncelle. Il n'avait même pas été nécessaire d'apprendre au petit Henry Preston Standish de ne pas crier : il avait instinctivement compris qu'une voix digne et compassée était le point fort des Standish, l'une des nombreuses preuves de réserve qui les caractérisaient et leur permettaient de prospérer dans ce monde cosmopolite.

Alors, ayant retrouvé autant de raison que possible pour un gentleman fraîchement passé pardessus bord, Standish informa l'*Arabella* de son indiscrétion.

« Un homme à la mer !, s'écria-t-il. Un homme à la mer ! » Mais il se rendit compte (et cela lui sembla très drôle) qu'il ne criait pas. Il eût fallu crier terriblement fort pour faire impression sur le Pacifique, et Standish se trouva bien idiot quand il crut s'entendre chuchoter.

« Un homme à la mer ! » dit-il pour la troisième fois, en faisant vraiment de son mieux pour faire porter sa voix. Mais apparemment l'*Arabella* était indifférente à sa plainte : son arrière-train regardait l'homme à la mer d'un air impassible.

« Ohé ! » lança Standish, tout en regardant l'*Arabella* s'éloigner de dix, vingt, trente mètres supplémentaires. « Ohé, du bateau ! Un homme à la mer ! À la mer ! À la mer ! Hé ho ! – Hé soooooo ! »

Ignorant que l'un de ses hôtes pataugeait derrière elle, l'*Arabella* tenait son cap. Les voix s'entendaient de loin sur cette mer d'huile, mais quelque chose conspirait contre Standish : une légère faiblesse humaine au niveau du gaillard.

Le gaillard comptait deux sections : à tribord, c'était le dortoir des matelots, à bâbord, celui des chauffeurs, des graisseurs et des commis au ménage. L'un des matelots était un Finnois qui s'appelait Bjorgstrom. Standish ne l'avait pas rencontré. Bjorgstrom était un brave homme plein d'humilité qui se décoiffait devant ses supérieurs et souriait poliment – quand il était sobre. Mais il n'avait pas compris que les Finnois n'étaient pas faits pour godailler, et il cachait dans son casier un mauvais okolehao acheté à Honolulu. Nourrissant quelque vague amertume, il avait passé toute la nuit précédente à siroter sa bouteille et se trouvait désormais sous la pleine emprise de cette potion. Au moment où Standish tentait vainement de crier, Bjorgstrom faisait un boucan de tous les diables à l'intérieur du gaillard. Il chantait et délirait à voix haute depuis un certain temps quand Gaskin, un autre matelot, lui demanda de se taire et de le laisser dormir. Bjorgstrom refusa net et se mit à chercher la bagarre. De repartie en repartie, les deux hommes en vinrent bientôt aux mains. Bjorgstrom ayant la langue déliée par l'alcool et Gaskin étant naturellement volubile, leur échauffourée monta très vite en volume et en véhémence. Pas au point de gagner les quartiers des passagers et des officiers, mais on les entendait des deux côtés du gaillard. Le bruit réveilla tous ceux qui somnolaient encore, et ils ajoutèrent leurs cris de colère au raffut, réclamant le silence complet afin de pouvoir se rendormir.

Un terrible chambard de sifflets, de huées et de grosses voix résonna bientôt entre les parois métalliques du gaillard. Alors que Standish était plongé dans l'angoisse, la situation s'envenima au point que Bjorgstrom sortit un couteau et que Gaskin dut s'emparer d'une vieille chaussure pour l'assommer. Bjorgstrom s'excusa auprès de Gaskin plus tard ce jour-là, après avoir beaucoup dormi, bu plusieurs litres d'eau et retrouvé ses esprits. Les deux hommes échangèrent une poignée de main, se donnèrent une bonne tape sur l'épaule, et ce fut le début d'une amitié.

Cependant, on comprendra aisément qu'avec tout ce raffut personne n'entendît la douce voix de Standish appeler au secours.

Naturellement, Standish ne soupçonnait rien de tout cela. Tandis que l'*Arabella* se retirait dans le lointain, arriva ce qui aurait dû arriver quelques instants plus tôt. Standish prit conscience de son destin, perdit la raison et retrouva sa véritable voix. Il poussa des cris de terreur si féroces que s'il avait eu des oreilles pour l'entendre, le premier Standish de toute l'Amérique, celui des années 1650, eût approuvé du fond de sa tombe.

« Un homme à la mer !, hurla Standish. Un homme à la mer, un homme à la mer, un homme à la mer ! » À dix, vingt, trente reprises Standish répéta ce refrain, si bien qu'il s'en trouva presque un peu rouge et hors d'haleine. Mais l'*Arabella* faisait la sourde oreille et poursuivait son chemin. Le troisième second était penché sur des cartes au poste de pilotage. Le timonier avait les yeux sur le compas, les mains sur la barre et la tête dans les nuages. Le capitaine Bell buvait du café dans sa cabine, contemplant fièrement sa goélette presque achevée. Le cuisinier récurait des casseroles dans la cambuse, et tous les autres étaient descendus travailler ou partis se coucher.

Standish arrêta de crier presque aussi subitement qu'il avait commencé. L'*Arabella* avait maintenant parcouru un bon quart de mille. Le sillage dans lequel Standish faisait du sur-place s'estompait et les eaux s'uniformisaient. Nager dans l'écume du sillage était une chose ; flottiller sur une mer d'huile en était une autre. La première était temporaire, c'était quelque chose qui pouvait faire partie de la vie que Standish connaissait, une chose venue d'une chose venue de l'homme. La deuxième était éternelle et incompréhensible. Dans le sillage on savait que son malheur était passager. Mais en pleine mer !...

Inexplicablement, Standish se mit à rire. Ce ne fut pas évident : il dut s'allonger sur le dos et regarder droit vers le ciel encore pâle, mais il parvint à rire. Il rit comme il n'avait encore jamais ri, et comme jamais plus il ne rirait : il éclata de rire, il se tordit de rire, il rit si fort qu'il en versa des larmes et manqua de s'étouffer. Henry Preston Standish, tomber d'un bateau ! Henry Preston Standish seul au milieu de l'océan ! C'était profondément comique. C'était la quintessence de l'humour. Si Olivia voyait ça... et les enfants !

Le soleil du matin, que l'*Arabella* avait jusqu'alors masqué en voguant précisément vers lui, devint soudain visible à l'horizon. Soit Standish avait légèrement dérivé sous l'effet du courant, soit le timonier de l'*Arabella* avait laissé le navire dévier quelque peu de sa route apparente.

Standish se redressa légèrement et rit à la face du soleil. L'Étoile s'était complètement levée, toute ronde, le menton posé sur l'horizon, impatiente de gravir le ciel. Elle le dévisageait impérieusement, comme pour demander à cet étrange poisson ce qu'il faisait chez elle.

Quand soudain la profonde solitude de sa situation apparut à Henry Preston Standish. Il n'était qu'un ballot de vie parfaitement négligeable dans l'immensité de ce monde. Le soleil était si fort, et lui, si faible. Cet incommensurable océan, si sûr de son empire, lui rappelait qu'il n'était qu'un homme apeuré, loin de chez lui. Plusieurs secondes s'écoulèrent avant que Standish se rendît compte qu'il avait arrêté de rire.

3

Standish avait une cicatrice de presque trois centimètres en haut du poignet droit. C'était là que, sept ans plus tôt, Olivia l'avait mordu. Ensuite elle l'avait épousé (après cicatrisation) et leur ménage était heureux. Quelque chose de plus fort que Standish avait poussé Olivia à le mordre. Il l'avait rencontrée à un dîner dansant donné par l'honorable maison de courtage Pym & Bingley, que l'on connut par la suite sous le nom de Pym, Bingley & Standish. Standish était encore assez jeune, sorti de Yale à peine cinq ans plus tôt. Olivia était la nièce de Pym, qui lui-même était un beau-frère de Bingley, et dès que Standish posa les yeux sur elle ces forces qui le dépassaient s'emparèrent violemment de lui. Cela lui était déjà arrivé deux ou trois fois dans sa vie d'enfant ou de jeune homme, comme quand il avait voulu s'inscrire à Yale alors que son père insistait pour qu'il aille à Princeton. Naturellement, son père ne l'avait pas mordu, même si Standish n'en fit qu'à sa tête et s'inscrivit à Yale.

Olivia le mordit quand Standish l'eut raccompagnée chez elle après le bal et tenta de l'embrasser solennellement dans la voiture à l'arrêt. Ils découvrirent par la suite que la seule différence entre un baiser et ce genre de morsure était l'impermanence du premier. Trois mois plus tard, ils étaient mariés et, dans les années qui suivirent, ils eurent deux enfants, qu'ils aimaient décemment. Ils menaient l'un comme l'autre une vie respectable, cérémonieuse et citadine, très semblable à celle des milliers d'autres familles habitant les grands appartements de Central Park West. Ils ne connaissaient ni la faim ni la soif et ne rencontraient jamais le genre de problème qui leur eût subitement fait comprendre que d'autres avaient la vie moins rose.

Standish avait encore ses deux parents. C'étaient des gens respectables eux aussi, et ils vivaient à Orange, dans le New Jersey. Standish avait deux sœurs et il avait été gâté sans même en avoir conscience : persuadé que tout lui était dû, il n'avait jamais cherché plus loin.

Ces forces incontrôlables ne se manifestaient que rarement, mais quand c'était le cas elles étaient toutes-puissantes et il devenait l'esclave de leur moindre caprice. Le reste du temps sa vie était un fleuve tranquille, à peine un murmure à ses oreilles.

« Henry, c'est le morose de la famille » avait fait remarquer sa tante Clara, la sœur de sa mère, lors d'une discussion sur le caractère, les vices et les vertus des Standish. Elle voulait dire que Standish était conservateur par nature. Son éducation avait gommé chez lui toute trace de couleur, si bien qu'il avait la fadeur d'une toile entièrement grise.

Il faisait tout comme il faut, mais sans enthousiasme. Il surveillait sa ligne en faisant de la natation, du handball au club d'athlétisme et du golf avec Pym et Bingley quand c'était de saison. Il surveillait ses comptes en vendant des actions aux autres et en achetant pour sa part des obligations d'État. C'était un bon citoyen bien informé. Il votait soigneusement. Il faisait tout soigneusement. L'appartement était toujours impeccable, le garde-manger toujours plein. Il buvait avec modération, fumait avec modération, et faisait l'amour à sa femme avec modération. En fait, Standish était l'un des hommes les plus ennuyeux du monde. Les psychologues en penseront ce qu'ils voudront, mais Standish n'était ni introverti ni extraverti.

Standish aimait ses enfants, Henry Junior, cinq ans, et Helen, trois ans, avec une sorte de fierté teintée de mélancolie.

Il ne s'était jamais retrouvé mêlé à aucun scandale, alors qu'il sortait le soir, souvent sans Olivia, jouait au bridge et fréquentait le bar de son club, avec modération.

Et pourtant un jour de printemps, à peine trois mois plus tôt, alors qu'il venait de célébrer tranquillement son septième anniversaire de mariage en invitant Olivia et toute la famille des Pym et des Bingley au théâtre, Standish, assis dans son bureau du quartier des finances, s'était soudain senti frappé d'une vague agitation. Il s'interrompit dans sa tâche et regarda les objets familiers qui l'entouraient, les piles de papiers, les fenêtres, les tableaux accrochés aux murs, les deux téléphones. Tous ces accessoires lui avaient toujours semblé désirables et réconfortants, mais à présent, réalisait-il avec stupéfaction, ils avaient un goût de poussière. Il se sentait malade, fatigué et déprimé. Ayant présenté les excuses de rigueur à Pym et à Bingley, qui se préoccupaient trop de leurs transactions financières pour voir à quel point son mal était grand, il s'en alla faire une longue marche solitaire dans Battery Park.

Standish ne s'était jamais promené seul aussi longtemps. Ses œillères s'envolèrent et le monde lui apparut sous de nouvelles couleurs. L'air qu'il respirait avait une odeur différente. Il avait un léger bourdonnement dans la tête, cette tête qui avait jusqu'alors été l'une des plus fiables du quartier des finances.

Dans le parc les eaux de la baie léchaient sans relâche l'esplanade du front de mer, et Standish était nonchalamment accoudé à une balustrade, regardant le large de ses yeux rougis et apeurés. Des forces incontrôlables s'emparèrent de lui, le secouèrent par les épaules et lui glissèrent à l'oreille un message étranglé : « Tu dois partir d'ici ; tu dois partir ! »

Où voulaient-elles qu'il aille, et pourquoi, Standish n'en avait pas la moindre idée. Il marcha sur Broadway. Il n'y avait aucune explication rationnelle à cet impératif : tout était en bon ordre. Les affaires étaient bonnes. Les enfants grandissaient et lui offraient un spectacle intéressant qu'il contemplait depuis son fauteuil. Olivia était une épouse fidèle, il eût parié son dernier dollar là-dessus, et c'était une de ces femmes très soignées qui resterait belle et séduisante un bon nombre d'années.

Standish retourna dans son bureau. La simple vue de ses associés lui souleva le cœur. Heureusement, il s'en alla avant qu'ils n'eussent remarqué son dégoût. Il rentra chez lui en taxi et se mit tout de suite au lit. Olivia voulut appeler un docteur sur-le-champ, mais Standish refusa, disant qu'il voulait simplement se reposer seul dans sa chambre. Olivia appela tout de même le docteur, et Standish était trop perdu dans ses pensées pour protester.

Cette chambre était une prison. L'appartement, le bureau, Olivia et les enfants étaient ses geôliers. Il sentit qu'il allait devoir s'enfuir, sans quoi il deviendrait fou.

Le docteur, un bon médecin de famille qui avait mis les deux enfants Standish au monde, dit que ce n'était rien de grave, uniquement du surmenage, bien que sa tension fût légèrement élevée. Il conseilla à Standish de rester alité plusieurs jours et d'essayer de ne pas trop penser aux affaires. Il dit que Standish devrait prendre des vacances, mais Standish ne l'écoutait pas.

Standish n'était pas du tout en train de penser aux affaires : tout ce qu'il pensait, c'était qu'il ne pourrait plus jamais respirer librement s'il ne partait pas très loin d'ici. Olivia se montra parfaitement gentille et compréhensive. Il ne lui vint pas à l'esprit que Standish pût avoir besoin de voir un psychiatre. Les Standish n'avaient pas de maladies nerveuses ou mentales dans le sang. Elle s'assura simplement que le docteur vînt chaque jour et que personne ne dérangeât son mari.

Au quatrième jour de sa maladie, Standish lui lança un regard éploré :

– Olivia, dit-il, je dois partir.

Elle l'aimait d'un amour vrai.

– Naturellement. Je me sens tellement bête de ne pas avoir remarqué comme tu avais mauvaise mine ces derniers mois. Tu as besoin de te reposer, Henry. Préférerais-tu la montagne ou la mer ?

– La mer.

Standish se leva, s'habilla en toute hâte et prit un taxi pour se rendre dans une agence de voyages. Olivia ne lui demanda pas si elle pourrait partir avec lui : elle savait qu'il voulait voyager seul.

Standish réserva sa place sur un paquebot américain qui partait pour la Californie le lendemain. Quand il aurait atteint la côte ouest, il pourrait décider quelle serait sa prochaine escale. Il était convenu qu'il partirait deux ou trois mois. Standish eut peine à garder sa contenance pendant les vingt-quatre dernières heures qu'il passa chez lui. Il se sentait tomber en morceaux, et son incapacité de fournir une explication logique à sa femme n'arrangeait rien. Celle-ci fut absolument merveilleuse : une autre épouse eût peut-être cherché un motif caché, des revers professionnels passés sous silence, par exemple, ou bien un rendez-vous avec une autre femme, mais Olivia s'avéra d'une loyauté et d'une confiance à toute épreuve. Quand Standish l'embrassa pour lui dire au revoir, il se sentit honteux, car il n'y avait aucune ferveur dans ce baiser : il pensait au grand large plutôt qu'à Olivia.

Même les enfants semblaient avoir compris qu'il ne fallait pas faire d'histoires. Henry Junior leva des yeux pleins d'amour vers son père et ne souffla pas mot quand il ne reçut qu'une bise expéditive. Même la petite Helen le regarda simplement partir depuis son berceau, l'air triste et inquiet.

Quand le sifflet d'avertissement retentit sur le bateau, Olivia prit la main droite de son mari et le couvrit d'un long regard plein de tendresse et de compassion.

– Prends soin de toi, Henry, dit-elle. Et n'oublie pas de bien te reposer.

Il détourna les yeux, car il se sentait affreusement mal et pour ainsi dire menotté. Marmottant vaguement qu'il ne manquerait pas de lui écrire à chaque escale, il l'escorta jusqu'à la passerelle.

Il ne resta pas même le temps de la regarder debout sur la jetée noire de monde. Se demandant bien ce qu'il lui prenait, il s'enferma dans sa cabine et fuma cigarette sur cigarette. Il sentit le navire s'éloigner de la jetée et quitter le port. Il avait la sensation d'attendre quelque chose, sans savoir quoi.

Il avait passé trois heures à se lamenter dans le fauteuil de sa cabine quand, malgré l'absence de changement perceptible, il se leva d'un coup, emprunta le corridor et monta deux escaliers pour atteindre le pont.

Quand le vent frappa son visage, le choc de l'exultation fut si grand que Standish gagna le bastingage d'un pas chancelant et s'accrocha à sa très chère vie. Le navire avait dépassé le bateau-phare *Ambrose* et toute la lassitude, tous les doutes et toutes les peurs de Standish s'évanouirent comme par magie dans la mer. Son cœur battait violemment de joie. Mais il savait que ce bonheur retrouvé était différent de celui qu'il avait connu.

Standish alla dans la bibliothèque et écrivit une longue lettre à Olivia sur les bienfaits de l'air marin.

Sa traversée pour la Californie fut délicieuse. Il avait l'air d'avoir du temps pour tout : lire, écrire, jouer, manger, boire et dormir. Mais ces choses avaient un piquant qu'il ne leur avait jamais connu chez lui : tout lui semblait plus intense.

Arrivé à San Francisco, Standish longea tranquillement la côte et remonta les voies fluviales jusqu'en Alaska. Il se fit des amis partout, mais bien que tout le monde l'appréciât, il préférait rester seul la plupart du temps. De retour à San Francisco il envisagea de rentrer à New York.

En fait, il appela même Olivia sur la ligne à longue distance. Dès qu'il entendit sa voix il renonça à l'idée de rentrer.

– Tout est vide ici sans toi, Henry, lui dit Olivia. Ne peux-tu pas rentrer ?

– J'aimerais en profiter pour voir Honolulu, dit-il de but en blanc. Ce n'est pas demain la veille que j'aurai de nouveau l'occasion d'y aller.

Il lui demanda comment allaient les enfants, et elle répondit qu'ils étaient boudeurs et capricieux depuis son départ.

– Tu leur manques, Henry. Tu leur manques vraiment.

Il trépignait presque.

– J'ai envie d'aller à Hawaï.

Alors la voix d'Olivia frémit d'effroi à l'autre bout du pays :

– Pourquoi, Henry ?

– Je ne sais pas.

– Henry ! Que s'est-il passé ?

Il la rassura :

– Rien, Olivia, je t'assure. Je vais bien. J'ai pris du poids et je ne me suis jamais senti en si bonne forme.

Après lui avoir dit au revoir et raccroché le combiné, il se trouva bête. Un homme de trente-cinq ans, dans la fleur de l'âge… un courtier qui avait la tête sur les épaules et de belles réussites à son compte – céder à ses humeurs de la sorte ! C'était idiot. Mais quand il acheta son billet pour Hawaï il se sentit finalement joyeux. Cette traversée fut un vrai plaisir elle aussi. Il passa trois jours à Waikiki puis décida de rentrer chez lui. Il se retrouva sur l'*Arabella* par pure coïncidence : il avait prévu de retourner à San Francisco en reprenant le bateau qui l'avait amené ici, puis de rentrer à New York en avion. Mais quand il descendit de sa chambre d'hôtel pour aller dîner et passa par la réception pour déposer sa clef, il entendit le réceptionniste recommander l'*Arabella* à un étrange inconnu (Standish ne parvint jamais à se remémorer son visage).

– Si vous voulez faire une vraie bonne pause, disait le réceptionniste, pourquoi ne prenez-vous pas l'*Arabella* demain ? Vingt et un jours de traversée jusqu'au Panama, tout en douceur.

L'étrange inconnu répondit au réceptionniste que c'était quatre jours de trop pour ses projets : il rentrerait par la route habituelle. Mais Standish se dirigea vers la salle à manger d'un pas maussade, répétant le nom de l'*Arabella*. Il se souvint que pendant sa traversée de New York à San Francisco, quand le navire eut dépassé le canal du Panama, l'un des passagers lui avait parlé de cette route. « Si vous voulez voir les plus beaux couchers de soleil du monde sur une mer incroyablement calme, prenez un bateau qui va du Panama jusqu'à Hawaï, ou l'inverse » avait dit ce passager.

Standish se décida. Ce n'était pas la peine de réserver. Il envoya un télégramme à Olivia. Il ne rentrerait pas dans six jours, mais dans un mois. Il embarqua le lendemain sur l'*Arabella* et ne regretta pas une seule fois sa décision – jusqu'au treizième jour de traversée.

Les coordonnées du point où Standish passa par-dessus bord étaient approximativement 12° de latitude nord et 108° de longitude ouest, dans l'océan Pacifique.

4

Le début de ce face-à-face avec le soleil fut un mauvais début, mais l'homme éduqué que Standish avait en lui finit par se ressaisir. Le soleil offrait peut-être un terrible et majestueux spectacle, mais ce n'était après tout que le soleil, et l'océan n'était jamais que l'océan. C'était le coin d'océan le plus calme de toute la planète, il était en bonne santé et il n'avait aucun mal à nager sur place et rester à flot. Quelques jours plus tôt, Mr Prisk s'était lancé dans une grande tirade pour expliquer l'absence de requins et de poissons dangereux dans cette région. L'explication avait échappé à Standish (trop technique, une histoire de courants, de vents et de température de l'eau), mais il en avait retenu la conclusion, et ce fut l'une des premières choses qui lui vint à l'esprit quand l'*Arabella* eut passé son chemin.

Le soleil venait de se lever : Standish avait une douzaine d'heures devant lui avant qu'il ne redescendît et l'on ne voyait sûrement que lui, se disait-il, sur cette mer étale. L'eau n'était pas loin d'être tiède et l'air n'était pas froid. Il n'aurait aucun mal à tenir des heures sans manger ; quant à l'hydratation, Standish, que la soif ne tourmentait pas encore, était sûr de pouvoir s'en passer douze heures d'affilée si nécessaire. Tôt ou tard les autres remarqueraient son absence, en déduiraient immédiatement qu'il était passé par-dessus bord et feraient demi-tour pour le retrouver. Et en plein jour ils ne pourraient pas le rater, il eût fallu qu'ils fussent tous complètement bigleux, car il était le seul accroc à la surface de cette immensurable étendue. Il avait quelque part en tête que le courant devait le faire imperceptiblement dériver de l'endroit où l'*Arabella* l'avait laissé, mais il décida qu'il n'y avait pas de quoi s'inquiéter : si le courant le déplaçait, alors il déplaçait aussi l'*Arabella* et cela ne faisait en définitive aucune différence.

À vrai dire, Standish finit par se sentir tout à fait joyeux. Un jour, dans le temps, il s'était dangereusement aventuré au-delà du flotteur d'une plage de Long Island et il s'était senti soudainement joyeux. Il venait de retrouver cette joie. Il était de toute évidence en train de vivre une formidable aventure : lui, un courtier dont la force et les talents n'avaient rien d'extraordinaire, allait devoir mesurer sa ruse aux éléments. Même si les éléments se montraient cléments, c'était incroyablement excitant. Standish avait terriblement hâte de pouvoir raconter son aventure à quelqu'un.

Tourné vers le soleil malgré la brûlure que sa lumière infligeait à ses yeux, Standish faisait le tour du sujet tout en observant attentivement l'horizon pour voir à quel moment l'*Arabella* remarquerait son absence et reviendrait le chercher. Naturellement, il y aurait l'inévitable déshonneur d'être hissé, lui, un adulte qui semblait avoir toute sa tête, jusque sur le pont de l'*Arabella*. L'équipage serait même probablement forcé de lancer un canot de sauvetage pour le repêcher. Il y aurait l'embarras de devoir s'expliquer au capitaine Bell, qui rejetterait sans doute la faute sur Mr Prisk, selon la vieille coutume maritime voulant que tout soit toujours de la faute du second. Il y aurait l'humiliation que lui vaudraient les autres passagers, en particulier Mr et Mrs Brown, qui le prendraient sûrement pour un idiot. Et il y aurait le dépit de ne pouvoir empêcher les enfants Benson de parler ouvertement de cette malheureuse histoire quand les autres commenceraient à comprendre, parce qu'il ferait montre d'une certaine réserve, qu'il valait mieux éviter le sujet à moins qu'il ne l'abordât lui-même.

Mais à son retour, quand il aurait retrouvé Olivia et les deux enfants à New York, ce serait un plaisir de décrire les sensations qu'il était en train de découvrir. Pym et Bingley seraient horrifiés.

Standish, dont le sur-place était encore plus nonchalant qu'au début, sourit béatement et s'entendit bientôt glousser comme un enfant hystérique.

Il voyait déjà Pym le regarder de travers :

– *Mais vous n'aviez pas peur des requins ?*

– *Non, Pym. Voyez-vous, il n'y a pas de requins dans cette région. C'est une question de courant et de vent. J'essaierais d'expliquer si ce n'était pas si technique.*

Il serait peut-être même plus malin de mentir un peu sur ce point. Après tout, passer un moment seul au milieu de l'océan n'était pas chose courante, et personne ne pourrait vérifier ce qu'il disait – du moins personne de son entourage, c'est-à-dire des hommes d'affaires et leurs épouses.

– *Peur des requins ? Bien sûr que non, mon bon vieux Pym. À chacun son heure, me dis-je. Si le destin veut qu'un requin me trouve, il me trouvera. Voilà quelle fut ma logique, et je n'y ai plus pensé.*

Mais Olivia... c'était à Olivia qu'il voulait raconter son histoire ! Elle écarquillerait ses yeux bleus, et elle ne lui couperait pas la parole. C'était une des choses qu'il adorait chez Olivia : elle ne coupait jamais la parole.

– Voyez-vous, ma chère, je me promenais sur le bateau, quand j'ai soudain eu l'idée de descendre jusqu'à une petite ouverture sur le pont inférieur pour voir le soleil se lever. J'ai regardé le soleil un certain temps et puis, en reculant, j'ai dérapé et j'ai piqué un sacré plongeon tout droit dans l'eau. Vous imaginez ça ? Un homme de mon âge ! Non, je n'ai pas eu peur. Pourquoi aurais-je eu peur ? Je suis un bon nageur, et l'eau était d'un calme que vous ne pourrez jamais vous figurer. L'affaire était grisante, naturellement, et fort intéressante. Voyez-vous, j'étais sur le monde du bateau, en sûreté, protégé, bien nourri, et patatras ! – un seul faux pas et je me retrouve illico dans un tout autre monde.

Une tristesse assombrit soudain l'esprit de Standish. Il constata qu'il était d'humeur très changeante. Peut-être eût-il dû éviter de penser à ces deux mondes qu'un seul instant séparait.

Standish regarda machinalement sa montre-bracelet. C'était une montre de luxe que sa mère lui avait offerte quand il était étudiant, et elle avait toujours très bien fonctionné. Elle était toujours parfaitement à l'heure et ne tombait jamais en panne. Elle valait probablement une centaine de dollars. Mais elle avait immédiatement rendu l'âme au contact de l'eau ! Prenez toutes les choses de ce monde et vous verrez que certaines sont particulièrement adaptées à la vie terrestre, tandis que d'autres sont faites pour la vie aquatique. Une montre-bracelet succombe en un clin d'œil : l'eau est pour elle un poison redoutable, quelques gouttes suffisent à lui faire rendre son dernier souffle. D'autres choses comme les canards en plastique, les éponges et les algues s'épanouissent et prospèrent dans cet élément. Mais qu'en était-il de l'être humain ? Standish conclut que le rapport de l'homme à l'eau était une question d'humeur : il s'y sentait tantôt comblé, tantôt misérable.

Les aiguilles de la montre indiquaient cinq heures et vingt-trois minutes. Il avait avancé les aiguilles chaque jour pour être à la nouvelle heure que Mr Prisk indiquait sur le panneau d'affichage du carré. Cinq heures et vingt-trois minutes, c'était l'heure exacte à laquelle il était passé par-dessus bord.

– Il était précisément 5 h 23. Je le sais, voyez-vous, parce que ma montre s'était arrêtée au contact de l'eau.

Standish fut tout d'un coup pris d'impatience. C'était un homme qui ne supportait pas l'impatience, comme le savaient si bien les employés de son bureau. Pourquoi l'*Arabella* ne revenait-elle pas le chercher, qu'il puisse commencer à raconter cette histoire à quelqu'un ? Il se sentait seul ici, en plein milieu de l'océan. Bon sang, si ça continuait comme ça, il allait finir par monologuer tout haut, et Henry Preston Standish pouvait sincèrement se vanter de ne jamais en être arrivé là.

L'*Arabella* n'était désormais pas plus grosse qu'une barque. Standish estima qu'elle était à cinq milles et qu'il était dans l'eau depuis environ une demi-heure. En réalité Standish était dans l'eau depuis quarante minutes et l'*Arabella* avait parcouru sept milles. Cependant, cette erreur de jugement était aussi bien due à son manque d'expérience en la matière qu'à l'optimisme compréhensible avec lequel il avait fait ses calculs.

Nager constamment sur place devenait un peu fatigant. Standish se souvint qu'il était flottable. Quand il était petit, il trouvait toujours que c'était un drôle de mot, « flottable ». Un jour un maître-nageur lui avait dit : « Certaines personnes sont flottables et d'autres non, c'est comme ça. » Standish pouvait écarter les bras, pointer les orteils, rester allongé, cambrer le dos. Ensuite, s'il gardait de l'air plein les poumons et le renouvelait astucieusement en ne prenant que de petites inspirations, il pouvait flotter indéfiniment sans avoir à s'épuiser. C'était un de ses meilleurs souvenirs de jeunesse : nager des centaines de mètres au large du détroit de Long Island, fermer les yeux, et se laisser simplement flotter, peut-être une demi-heure ou une heure.

Standish décida de profiter de sa flottabilité. Il y avait le problème des vêtements, qu'il allait devoir courageusement affronter. À la vue de Standish, n'importe quel inconnu eût bien voulu jurer sous serment que cet homme portait des sous-vêtements blancs. Mais la vérité était que Standish préférait les rayures et les couleurs. Ce jour-là, il portait un maillot de corps blanc et un caleçon à rayures jaune et bleu. Au-delà d'une évidente pudeur masculine, c'était une des raisons pour lesquelles Standish avait décidé qu'il n'accepterait jamais d'être repêché en sous-vêtements : plutôt mourir. Regagner le pont de l'*Arabella* vêtu d'un caleçon blanc serait déjà un vrai supplice, mais que tout le monde, y compris Mr et Mrs Brown, put apprécier son caleçon jaune et bleu, c'était inenvisageable. Un homme devait savoir sauver son honneur autant que sa vie.

L'instant d'après Standish comprit à quel point c'était faux. Il commençait à sentir une légère douleur aux épaules à force de nager sur place. Dès qu'il prit conscience de cette douleur, il changea d'avis. Il n'alla pas jusqu'à réaliser que son esprit était un jouet entre les mains de sa personne physique, que les convictions n'étaient inébranlables que jusqu'à l'apparition d'un besoin corporel, car le corps tordait alors l'esprit pour le mettre à ses ordres. Tout ce que Standish savait, c'était qu'il n'en avait soudain plus rien à fiche que les braves gens de l'*Arabella* voient son caleçon jaune et bleu. Il voulait flotter, nom de Dieu, et il allait flotter.

Il procéda par étapes, de façon méthodique, en commençant par quitter ses chaussures. Il parvint à les retirer sans en défaire les lacets : il suffit d'une légère pression. Il les laissa disparaître dans l'eau sans même leur lancer un dernier regard, se faisant simplement la réflexion qu'elles avaient coûté trente dollars, que le cordonnier avait bien fait de garder ses mesures à New York et qu'il pourrait lui fabriquer une nouvelle paire en trois jours. De toute façon, deux autres paires l'attendaient sur l'*Arabella*.

Standish n'était pas bête : de grands pontes du quartier des finances vous auraient dit, en entendant le nom de Standish, qu'il n'était pas bête. Il lui vint à l'esprit que sur ces eaux calmes et douces, un seul danger le guettait – l'insolation – car tout son corps était immergé, mais pas sa tête. Il devait à tout prix protéger sa tête.

Ses chaussettes lui sauvèrent la mise. Plongeant la tête sous l'eau, il détacha l'une d'entre elles de sa jarretière et l'enleva. Après l'avoir un peu déchirée, il parvint à l'enfiler correctement sur son crâne. Il répéta le processus avec l'autre chaussette. Il était désormais équipé d'une double protection solaire même si, songea-t-il avec amertume, son nouveau couvre-chef lui eût valu bien des remarques, essentiellement critiques, dans le quartier des finances. Mais jamais personne ne le verrait ainsi coiffé hormis Dieu et quelques poissons : il ôterait son bonnet à l'approche de l'*Arabella*.

Après tout ce temps, Standish réalisa qu'il essayait de repousser le moment fatidique où il serait forcé de retirer sa veste, son gilet et son pantalon. Il était moins retenu par l'élégance de son costume que par le contenu de ses poches. Mais il décida que ce problème pouvait être résolu sans grande difficulté. Il viderait ses poches et placerait l'intégralité de leur contenu dans son portefeuille détrempé. Il pourrait ensuite tenir le portefeuille ou, encore mieux, l'accrocher à son caleçon jaune et bleu. C'était un modèle avec un cordon auquel il pourrait solidement attacher son portefeuille.

Standish regarda l'*Arabella* voguer au loin. Elle n'était pas plus grosse qu'un canoë. Il regarda le ciel. Le ciel était aussi grand que le courage d'un homme, et la mer était plus vaste que tous ses espoirs. L'eau, vue depuis le corridor de l'entrepont, avait semblé gris-bleu, mais maintenant qu'il était dedans et que le jour avançait, elle était plutôt bleu-vert.

Standish sortit son portefeuille. Il en inspecta maladroitement le contenu, mû par sa curiosité. Tenir le portefeuille à bout de bras tout en restant à flot lui coûtait beaucoup d'énergie, mais cela en valait la peine.

Dans un coin du portefeuille il trouva, soigneusement entouré d'un élastique, un paquet de petites cartes indiquant chacune l'adresse d'un bar clandestin. Cela faisait des années qu'il n'en avait plus aucune utilité à New York : Standish ne savait pas pourquoi il les avait gardées sur lui si longtemps, si ce n'est, peut-être, parce qu'il avait souvent courtisé Olivia dans ces lieux délicieusement secrets. Mais puisqu'elles étaient inutiles à New York, elles étaient doublement inutiles au milieu du Pacifique ! Standish se creusa la cervelle pour imaginer quelque chose qui fût encore plus inutile que ces cartes dans la présente situation, mais après quelques secondes de réflexion, il décréta qu'il s'était donné une tâche impossible.

Le portefeuille contenait d'autres documents tout aussi intéressants. Les cinq cents dollars en chèques de voyage étaient trempés, mais la banque arrangerait forcément ça. Quand il expliquerait la raison pour laquelle ils avaient pris l'eau, Standish n'aurait aucun mal à en obtenir de nouveaux. Le petit carnet d'adresses qu'il tenait depuis cinq ans serait une grande perte si ses pages devenaient illisibles : il lui faudrait de nombreux mois pour le reconstituer. Ses cartes de membre du Finance Club, de l'Athletic Club, du Weebonnick Golf

Club et du Yale Club étaient dispensables : quand ils auraient appris son étrange aventure, les directeurs de ces diverses structures seraient heureux de lui fournir de nouvelles cartes, à bordures dorées cette fois-ci.

Mais cette photo d'Olivia et lui avec les enfants, que sa mère avait prise la dernière fois qu'ils étaient allés dans le New Jersey (déjà presque cinq mois plus tôt), perturba Standish. Il la regarda longuement et tenta d'en chasser l'eau. Il se demanda ce que faisait toute sa famille en ce moment même, si loin de lui sur la terre ferme.

Ses effets personnels comprenaient également une vieille quittance de loyer, plusieurs bouts de papier conservés sans raison apparente et un carnet de timbres à trois cents. Standish ne s'appesantit pas sur eux. Il retira ses clefs, son argent, son stylo-plume, son peigne, sa lime à ongles et ses lunettes de lecture des différentes poches de sa veste, de son gilet et de son pantalon pour les ranger soigneusement dans le portefeuille. Ensuite, dans un soupir de soulagement, tenant fermement le portefeuille de sa main droite, il laissa glisser sa veste. Il déboutonna son gilet et s'en débarrassa. Il ôta ses bretelles et gigota pour faire tomber son pantalon. Le pantalon partit tout de suite à la dérive, mais la veste et le gilet flottillèrent un moment tout près de lui avant de s'éloigner. Pour finir, Standish déchira sa chemise, une pièce taillée dans un solide tissu blanc importé d'Angleterre, et la jeta loin de lui.

Tous ces efforts commençaient à se faire sentir, mais quand il eut accroché son portefeuille au cordon de son caleçon et se fut allongé pour faire la planche comme dans sa jeunesse, sa force lui revint rapidement. Il respira régulièrement, remplissant ses poumons de cet air pur et propre. Il ne ressentait aucune peur ni aucune inquiétude quant à son sort, uniquement de l'émerveillement devant la vastitude des choses. Il était un peu chagriné que l'*Arabella* n'eût pas encore fait demi-tour. Elle n'était désormais pas plus grosse qu'un tonneau, mais il était certain qu'elle rebrousserait incessamment chemin. Standish était allongé dans l'eau, inerte, flottillant gentiment sur la houle négligeable. Il se sentait parfaitement détendu.

« J'ai éprouvé le plus incroyable sentiment de bien-être allongé là-bas, en plein milieu de l'océan. Rien à voir avec une baignade en eaux côtières, Olivia. Je ne sais pas comment décrire ce sentiment, j'avais plus ou moins l'impression d'être la dernière personne sur terre. C'était grisant, vraiment grisant de voir le navire continuer de voguer toujours plus loin sans savoir s'il finirait par revenir me chercher. Je ne sais pas par où commencer pour te décrire la vastitude des choses là-bas, leur ampleur, l'immensité de l'eau, du soleil et du ciel. »

Standish se remémora sans trop savoir pourquoi les paroles d'une vieille chanson qu'il avait apprise à l'école. Au lieu de la chanter, il se contenta d'en fredonner l'air, mais les paroles lui trottaient dans la tête :

La pendule du grand-père
N'était pas d'étagère,
Alors elle est restée
Quatre-vingt-dix années
Par terre.
Elle était bien plus grande
Que ce bon vieux barbu,
Sans peser un seul gramme
De plus.

Rachetée au prêteur
À l'aurore de sa vie
Elle était son trésor,
Elle était son honneur
Mais elle s'est…
Arrêtée…
Définitivement
Quand il aaaaaaa… trépassé.

5

Tandis qu'il faisait la planche, Standish concentra ses pensées sur les passagers de l'*Arabella* et commit en conséquence l'erreur classique de croire que la réciproque était vraie. Mais en vérité les braves passagers de l'*Arabella* étaient très loin de penser à Standish.

Le cuisinier, un Noir qui avait en lui un désir fondamental d'être gentil, était la dernière personne à avoir vu Standish. Après l'avoir salué dans le corridor il était retourné à sa tâche de cuisinier. S'il eût fait preuve d'un peu de logique, peut-être eût-il remarqué que quelque chose clochait, mais ce ne fut pas le cas. C'était une question d'œufs. Le petit déjeuner était servi de huit heures à neuf heures trente, mais tout le monde était toujours dans le carré à huit heures précises. Standish aimait ses œufs pochés, comme son père et comme son grand-père avant lui. Standish aimait ses œufs pochés, et il était le seul passager de l'*Arabella* à demander des œufs pochés. Le premier jour de traversée, quand Standish avait commandé ses œufs, le cuisinier avait un peu maugréé : il n'y avait pas de pocheuse à bord et il devait se débrouiller avec une poêle à frire peu profonde. Mais ensuite, après avoir discuté avec Standish et l'ayant trouvé sympathique, il oublia son désagrément. Ce matin-là Standish ne passa pas commande. Le cuisinier, cependant, pocha ses œufs à huit heures dix et les mit au four pour les garder au chaud jusqu'au moment où le steward les emporterait avec les autres commandes. Le steward, qui, en raison de son jeune âge et de son ascendance, n'était vraiment pas une lumière, refusa de les prendre, marmonnant vaguement que Standish n'était pas encore levé. Le fait est que le cuisinier ne prêta guère attention à cette affirmation mal articulée. Ses méninges auraient dû s'activer furieusement, il aurait dû savoir que Standish était un homme méthodique qui prenait toujours son petit déjeuner à la même heure. Par ailleurs, il se souciait peu du gâchis : les œufs appartenaient à l'*Arabella* et leur perte ne lui coûterait rien. Il n'y avait pas d'autres indices : c'était tout ce qui différenciait son assiette. Le cuisinier conclut, dans un coin de sa tête, que Standish était arrivé en retard et s'était passé de ses œufs.

Vers dix heures, il les jeta par-dessus bord avec le reste des ordures, à l'endroit même où le destin avait décidé de jeter Standish à la mer.

Les passagers réunis pour le petit déjeuner concentraient toute leur attention sur les gargouillis de leurs estomacs respectifs. Naturellement, Mrs Benson ne pensait pas à Standish : Standish lui-même, s'il eût été possible de lui poser la question, eût affirmé que l'hypothèse était peu crédible. Donner du jus d'orange, du gruau, des œufs et du lait à quatre jeunes enfants était une tâche herculéenne, même avec l'aide d'un steward. Si Mrs Benson pensait à quelque chose, elle pensait sûrement qu'il serait bien agréable de s'installer avec Mr Benson quelque part où ils pourraient offrir aux enfants un genre de stabilité.

Le petit Jimmy était tellement pénible ce matin-là que Mrs Benson finit par abandonner l'idée de lui faire manger son gruau. Mais comme c'était une mère sage et sévère, elle le punit en lui interdisant de sortir de sa cabine pendant l'heure qui suivrait. Ce n'était vraiment pas de chance, car Jimmy avait pour habitude de chercher Standish chaque matin après le petit déjeuner pour lui demander de jouer, demande que Standish n'avait jamais refusée, même s'il s'était toujours débrouillé pour éviter de véritablement prendre part aux jeux fatigants du garçon. Sur ordre de sa mère, Jimmy se dirigea immédiatement vers sa cabine et se mit à bouder. Comme tous les enfants, il laissa la punition accaparer tout son esprit. Une heure plus tard, il commençait à l'apprécier. Il resta dans la cabine deux heures de plus, imaginant diverses façons de torturer sa mère, et quand elle revint le faire sortir par l'usage de la force, c'était un enfant si épouvantablement blessé que, dans l'attente du réconfort, il se terra dans le silence. Il refusa de jouer avec ses frères et sœurs et passa l'heure suivante à traîner, muet comme les pierres, l'air si triste et maladivement pâle que Mr Travis, le chef mécanicien, venant de le croiser dans le corridor, eut pitié de lui. « Bien le bonjour, mon petit », dit Mr Travis, mais quand Jimmy, qui avait grandi dans le calme florissant des banlieues de Honolulu, répondit par un laconique « Cinglé », Mr Travis comprit la détresse du garçon, car il avait lui aussi connu bien des malheurs. « Que dirais-tu d'être provisoirement nommé chef mécanicien et d'aller faire tourner les machines ? » proposa Mr Travis, aucunement surpris de cette impolitesse. Standish eût admis, s'il eût été possible de lui poser la question, qu'au vu du caractère, de la situation et de l'âge du petit Jimmy, le garçon ne pouvait qu'arrêter de se morfondre, afficher un large sourire, prendre l'épaisse main de Mr Travis et descendre d'un pas guilleret les marches graisseuses qui menaient aux entrailles du navire. En ces lieux Jimmy passa les plus heureuses heures de sa jeune vie, et il avait la tête si pleine de roues, de jauges et d'appareils quand il finit par remonter à la surface que de toute la journée il ne pensa pas une seconde à Standish.

Le vieux Nat Adams faillit plus que tout autre passager découvrir l'absence de Standish. La seule chose qui l'en empêcha fut une prise de conscience : c'était un homme de la terre alors que Standish était un gentleman cosmopolite. Dès le début du voyage, les deux hommes s'étaient liés d'une amitié qui avait pris la forme d'une fraternité rêveuse, essentiellement parce qu'ils avaient l'un comme l'autre une certaine timidité et une part de retenue. Standish voyait chez ce fermier noueux de la Nouvelle-Angleterre l'indépendance et la simplicité d'esprit de ses propres ancêtres. Et Nat avait du respect pour Standish, en qui il voyait une image de la grand-ville dans toute son élégance, sa grâce et ses urbanités. Il était fier que Standish leur trouvât tant de choses en commun, car il était intimement persuadé qu'ils étaient diamétralement opposés. Le premier jour de leur traversée, Nat avait voulu engager une conversation avec Standish : le simple fait de le voir ici, dans son costume d'homme d'affaires conservateur qui suggérait imperceptiblement le sur-mesure, piquait la curiosité du vieux fermier. Voilà pourquoi il voyageait au hasard de ses envies : il voulait rencontrer des gentlemen comme Standish, discuter avec eux, et qu'ils lui donnent des nouvelles du monde, à lui qui ne connaissait que les fermes de la Nouvelle-Angleterre. Mais Nat vit tout de suite qu'il ne pouvait pas aller vers Standish : c'était à Standish de venir vers lui. Et c'est précisément ce que fit Standish : prenant quelque civilité pour excuse, il brisa la glace, et les deux hommes se lièrent d'une forte amitié. Onze jours durant, ils se retrouvèrent, et la plupart du temps Standish écoutait parler le vieux fermier, qu'il trouvait toujours rafraîchissant. Mais c'était toujours Standish qui venait vers Nat et Nat savait qu'en dehors des campagnes de la Nouvelle-Angleterre, Standish était d'un rang plus élevé. Puis, le douzième soir de traversée, c'est-à-dire la veille de l'accident de Standish, Nat était resté seul pour contempler les étoiles depuis la dunette quand il vit une idée merveilleusement intelligente lui traverser l'esprit. Il n'allait pas rentrer en Nouvelle Angleterre par bateau, contrairement à ce qu'il avait prévu : quand l'*Arabella* atteindrait le Panama, il traverserait l'Amérique centrale en automobile, puis tout le Mexique jusqu'au Texas, où il prendrait un train pour la Nouvelle-Angleterre. Il n'était que sept heures et demie du soir et Nat avait très envie de confier cette idée à quelqu'un : il ne pouvait pas garder une si bonne idée pour lui. Mû par tant d'enthousiasme, il alla chercher son ami, bien qu'il eût encore un fond d'hésitation. Standish était dans sa cabine, occupé à écrire une lettre qu'il comptait envoyer à Olivia par avion depuis le Panama. Nat toqua à sa porte et regretta aussitôt son geste. Mais quand Standish ouvrit et vit qui avait frappé, presque tous les doutes de Nat s'envolèrent. Standish était sincèrement ravi de voir Nat : il le fit entrer, lui proposa de s'asseoir et l'écouta exposer ses nouveaux plans d'une oreille attentive. Standish sourit à l'heureux fermier d'un sourire envieux. Il dit à Nat qu'il ne connaissait pas vraiment l'état des transports en Amérique centrale, mais que les routes devaient être rares et que le voyage serait sûrement difficile. Standish ajouta que ce serait peut-être même dangereux, mais Nat éclata de rire et lui demanda : « Qui voudrait faire du mal à un vieil homme comme moi ? » Ils discutèrent au moins une demi-heure, puis Nat s'excusa de s'être invité et malgré les sincères protestations de Standish, il lui souhaita bonsoir et se retira. Mais Nat rêva de son voyage toute la nuit. Il ne dormait pas du tout : il fermait simplement les yeux et s'imaginait des champs verdoyants, des autochtones vêtus d'étranges costumes et des plats pimentés. À l'aurore, Nat somnolait, mais quand il se réveilla, à sept heures trente, il lui tardait de reprendre la conversation avec Standish. Il avait eu de nouvelles idées dans la nuit : il pourrait même prendre un guide, et puis un cheval et une calèche et traverser l'Amérique latine avec force cahots. Nat Adams savait s'y prendre avec les chevaux, ce n'était pas impensable. Il fut amèrement déçu de ne pas trouver Standish à table. Après avoir copieusement petit-déjeuné, Nat fit les cent pas sur le pont. Il finit par se dire qu'il devait impérativement voir Standish. Il le chercha partout sur le bateau et se résolut à frapper à la porte de sa cabine. Il resta debout sur le seuil un long moment, la main en l'air, prêt à toquer. C'est alors qu'un sentiment de honte envahit le bon vieux fermier. Quel culot de venir déranger Standish ! Standish dormait, et lui, il s'apprêtait à le réveiller. N'allait-il pas s'occuper de ses affaires, comme il l'avait toujours fait, au lieu d'embêter les inconnus ? Nat s'éloigna en marchant sur la pointe des pieds et en serrant ses fausses dents. Il emprunta une carte de l'Amérique centrale au deuxième second, s'isola dans sa cabine et dessina sur la carte, d'un léger coup de crayon, le tracé d'un voyage qu'il ne fit jamais. Puis il l'effaça, car la carte ne lui appartenait pas. À l'heure du déjeuner, il se réjouit que Standish ne fût pas dans le carré, car Nat avait conclu que Standish le voyait comme un terrible pot de colle et qu'il ne supportait si patiemment ses enfantillages que parce que c'était un vrai gentleman.

Il en allait de même pour les autres passagers : tout le monde pensait que Standish était quelque part ailleurs sur le bateau, sans vraiment penser à lui. Si Standish avait pu choisir une personne à qui en vouloir tout particulièrement, il eût sûrement décerné ce curieux honneur au steward. Le steward qui avait dit au cuisinier que Standish n'était pas encore prêt pour ses œufs était aussi chargé de faire le ménage dans les cabines des passagers. Il compensait son manque de sagacité par une ténacité lui permettant d'abattre le travail d'une bête de somme. Arrivé devant la porte de Standish aux alentours de dix heures, il toqua machinalement, dans l'éventualité où Standish fût encore dans sa cabine. Constatant comme chaque jour que ce n'était pas le cas, il entra cérémonieusement et se mit à faire le ménage habituel. À aucun moment il ne songea que si Standish n'était ni dans sa chambre ni dans le carré, cela signifiait qu'il y avait un problème. Comme c'était mercredi, il changea les draps et les taies d'oreiller. Quand il eut bordé les draps propres, vidé les cendriers et balayé les quatre coins de la pièce, le steward remplit le pichet d'eau, déposa une nouvelle savonnette sur le rebord de l'évier et plaça des serviettes propres sur le portant. Il souleva ensuite le costume marron que Standish avait laissé sur le fauteuil, le brossa délicatement et le replaça sur son cintre dans la malle de cabine, qui était entrouverte. La chemise, les sous-vêtements de la veille et les mouchoirs usagés qui traînaient aussi sur le fauteuil, il les rangea dans le dernier tiroir de la malle. Une cravate gisait à cheval sur le dos du fauteuil, une cravate conservatrice, bleu marine à petits pois. Le steward la lorgna sournoisement, mais il poussa finalement un léger soupir et, l'attrapant délicatement entre le pouce et l'index afin de ne pas la souiller, la replaça sur son portant dans la malle. Pour finir, il balaya la pièce du regard et décida avec un sentiment d'autosatisfaction un peu nigaud que tout était impeccable : aucun client n'eût désiré meilleur service, à moins d'être un original. Il sortit en toute discrétion, fermant la porte délicatement derrière lui, puis il entra dans la chambre de Nat Adams, mais il le trouva assis dans un fauteuil, l'air rêveur, occupé à tracer d'étranges lignes sur une carte.

Par un malencontreux hasard, Mrs Benson croisa Mr et Mrs Brown deux heures après le petit déjeuner. Mrs Benson était une fervente adepte de la piscine de l'*Arabella*, et Standish aussi. Mais Mr et Mrs Brown avaient leur propre idée de la nage et de la toilette : selon eux, cette dernière ne se faisait qu'entre une porte fermée et une vitre opacifiée, et la première était une spécialité réservée à certains métiers comme la pêche aux perles. Ils avaient une aversion toute particulière pour le maillot de bain moderne, et surtout pour le modèle rouge que Mrs Benson portait dans le plus flamboyant mépris des conventions d'antan. Un sentiment d'indignation les prenait à la gorge chaque fois qu'ils voyaient ce maillot, d'autant que s'il entrait dans leur champ de vision, ils ne pouvaient que le voir.

Ce matin-là, Mrs Benson se déshabilla à dix heures, sauta dans son maillot de bain et se dirigea vers la piscine d'un pas guilleret, sans peignoir. Elle fut bien déçue de voir que Standish n'était pas là : à cette heure elle l'avait toujours trouvé ici les jours précédents. Après avoir plongé et nagé toute seule pendant vingt minutes, elle vit tout à coup que Mr et Mrs Brown étaient assis côte à côte sur deux chaises longues du pont promenade. Ils lisaient le même *Christian Science Monitor* en faisant tout leur possible pour ne pas penser au maillot de Mrs Benson. Mais Mrs Benson ne se doutait absolument pas qu'elle les importunait. Déjà sur sa lancée, elle sortit de la piscine et, toute ruisselante, courut vers Mr et Mrs Brown.

– Avez-vous vu Mr Standish quelque part ce matin ? demanda-t-elle.

Mr et Mrs Brown la regardèrent de travers. L'eau qui dégoulinait de ses cuisses formait une flaque à ses pieds tandis que le maillot détrempé épousait et accentuait une silhouette féminine dont Mrs Benson et son mari absent étaient tous les deux fiers, et ce à juste titre. Après plusieurs années de travail missionnaire en Chine, Mr et Mrs Brown avaient appris à ravaler leur mécontentement face aux contrariétés. Mrs Brown regarda donc Mrs Benson d'un air inexpressif, et Mr Brown s'efforça de ne pas voir de trop près ce que le maillot de Mrs Benson exposait aux yeux de tous.

Mr Brown répondit aussitôt :

– Je crois l'avoir vu dans la bibliothèque tout à l'heure.

Plus tard, quand Mr et Mrs Brown examinèrent en privé cette affirmation, ils décidèrent que Mr Brown avait commis une erreur et avait pris Nat Adams pour Standish. Mr et Mrs Brown n'eussent jamais avoué, pas même à eux-mêmes, que cette affirmation était une pure fiction inventée dans l'unique but de se débarrasser de Mrs Benson.

Mrs Benson commença par chercher Standish dans le salon de lecture, qui était dans un coin du carré, mais ce fut précisément le moment que choisit la petite Gladys pour surgir vêtue de son maillot, rouge lui aussi, caracolant le long du couloir et braillant qu'elle voulait apprendre à nager, alors Mrs Benson regagna la piscine avec sa fille. Plus tard, elle le chercha dans la bibliothèque, mais Standish n'y était pas.

La matinée fit place à une magnifique après-midi dont le bleu surpassait en éclat tous les ciels précédents. Les passagers se retrouvèrent pour déjeuner, seuls ou deux par deux, se sustentèrent et se dispersèrent pour faire une bonne sieste ou lire tranquillement. Vers quinze heures, Mr Prisk eut un mauvais pressentiment. Il n'arrivait pas à mettre le doigt dessus, mais il savait que quelque chose clochait. Il s'isola sur le pont pendant un long moment pour se demander quel était le problème. Le nom de Standish lui vint soudain à l'esprit. Il réalisa qu'il n'avait pas vu Standish de la journée : ni au petit déjeuner, ni au déjeuner, ni à aucun moment. Il eut immédiatement l'intuition que Standish avait disparu. Il prit le temps de la réflexion. Pourquoi le nom de Standish lui serait-il venu à l'esprit sans raison ? Il y avait une raison à tout, un homme de la mer savait cela d'expérience. Que le nom lui fût venu par hasard, par décision divine ou comme un déclic après réflexion, cela n'avait aucune importance : le nom était venu, c'était un fait.

Mr Prisk faisait toujours très attention à tout. Il procéda point par point, car il n'y avait rien de pire que d'embêter le capitaine Bell avec des rapports inexacts. Il décida de passer au moins une heure à tenter de prouver irréfutablement que Standish ne pouvait pas avoir disparu : dans le cas où les faits le convaincraient finalement du contraire, il se résoudrait à en informer le capitaine. Mr Prisk vérifia d'abord que Standish n'était pas dans sa cabine. Il inspecta ensuite l'*Arabella* de la proue jusqu'à la poupe en veillant à ce que Standish ne risquât pas de passer dans son dos, si tant est qu'il fût encore à bord. Il interrogea ensuite tous les passagers séparément (exceptés Mr et Mrs Brown, qu'il dut interroger ensemble) sans les inquiéter outre mesure et sans leur laisser savoir ce qu'il commençait à soupçonner. Tous, excepté Mr Brown, admettaient qu'ils n'avaient pas vu Standish depuis la veille au soir. Mr Brown dit : « Je crois l'avoir vu dans le salon de lecture vers neuf heures trente, ou peut-être était-ce Mr Adams ? » Mr Prisk établit qu'il s'agissait de Mr Adams. Il interrogea ensuite les officiers et l'équipage, réveillant ceux qui dormaient. Il finit par apprendre que le cuisinier avait parlé à Standish juste avant le lever du soleil. Mr Prisk emprunta le corridor et resta un long moment devant la porte ouverte dont Standish avait passé le seuil à regret. Enfin, Mr Prisk remua tristement la tête et soupira. Un interminable cauchemar s'annonçait. Mais il serra les dents. Il fallait bien qu'un père de famille sût faire preuve d'humilité : tous les pères du monde devaient parfois mordre la poussière.

Le capitaine Bell était en train de poncer sa goélette quand Mr Prisk entra.

– Qu'y a-t-il, Prisk ? demanda-t-il sans lever les yeux.

– Un homme a disparu, mon capitaine. Mr Standish, un des passagers.

Le capitaine Bell arrêta de poncer.

– Comment ça, disparu !

– Selon les éléments dont je dispose, personne ne l'a vu depuis cinq heures ce matin.

– Cinq heures ! Qu'est-ce que vous racontez. Cela fait dix heures.

– Je sais, mon capitaine.

– Fouillez le navire.

– C'est ce que j'ai fait.

– Avez-vous interrogé tout le monde ?

– Oui mon capitaine.

Le capitaine Bell jeta son papier de verre dans un accès de colère.

– C'est ridicule. Il est probablement quelque part en bas dans la salle des machines. Bon sang, Prisk, pourquoi me déranger pour des âneries pareilles ? Bon, très bien, venez. J'imagine que c'est moi qui vais devoir fouiller le navire pour le retrouver.

6

L'*Arabella* rapetissait au loin quand Standish sentit son cœur chavirer. Il trouva cela fâcheux, car chaque fois qu'il était tombé sur cette expression dans un livre d'histoires, il avait tiqué et accusé l'auteur d'avoir bâclé la description. Mais il était bien forcé d'admettre que, de fait, quelle que fût la matière dont était formé son cœur, il avait soudain l'impression de le sentir chavirer et couler jusqu'au niveau de son estomac.

Non pas qu'il fût frappé d'une quelconque peur panique : la simple idée le fit rire brusquement. Il était certain de pouvoir tenir des heures, et il était encore plus certain que ce ne serait pas nécessaire. Mais par moments il se surprenait à penser : « *Courage, mon vieux, courage !* »

Les murmures spasmodiques de ces petites voix intérieures finirent par faire enrager Standish. De toutes les farces que l'homme avait pu faire, décida-t-il avec emportement, tomber d'un bateau en plein milieu de l'océan était de loin la plus idiote. C'était tellement bête, tellement absurde et inimaginable, tellement déplacé pour un homme de son rang ! Standish serra longuement les dents, en proie à une rage impuissante. Aucune personne de son entourage ne l'eût jamais cru capable de faire une chose pareille. Sa tante Clara eût juré que c'était parfaitement exclu. Si sa famille, qui comptait quelques rares spécimens d'hommes et de femmes excessivement riches et oisifs, se fut réunie pour élire le ou la plus susceptible de tomber d'un bateau, personne n'eût voté pour lui. Et maintenant c'était fait, c'était lui qui se retrouvait dans cet invraisemblable embarras, tandis que l'*Arabella* s'éloignait toujours un peu plus.

La rage l'abandonna aussi vite qu'elle l'avait assailli, cédant la place à une élégante mais relativement déraisonnable démonstration de résignation. C'était fait, il était en plein milieu de l'océan et il allait devoir s'en accommoder jusqu'à l'arrivée des secours : pas la peine de s'épuiser à maudire son destin. Et si les secours n'arrivaient pas (il regarda de nouveau l'horizon et vit que l'*Arabella* n'était plus qu'une tacheture), il se noierait. Pour la première fois, Standish réfléchit sérieusement au problème de la noyade. Pour commencer, il évalua le risque de ne pas être secouru. Il décida que c'était un risque important. Puis il se dit que si le destin voulait qu'il se noie, il se noierait, un point c'est tout. Ce n'était pas plus compliqué que ça et ce n'était pas la peine d'en faire un drame, de battre sa coulpe ou de se perdre en protestations inutiles. Se noyer n'était pas si terrible quand on s'y prenait correctement, c'est-à-dire en gardant la tête sur les épaules, et quand il serait mort la douleur se serait évaporée. Naturellement, il n'avait aucune envie de se noyer : il avait encore tellement de choses à vivre. Mais à sa connaissance, il était précisément en train de se noyer : si l'*Arabella* ne revenait pas le chercher, c'était une affirmation recevable. Standish ferma les yeux et retint son souffle. Selon tout ce qu'il avait lu et entendu sur le sujet, un futur noyé voyait sa vie défiler devant lui. Standish attendit patiemment que quelque chose se passe, mais il fut incapable de lever le moindre souvenir du terrier de son passé. Il fut un peu fâché de ne rien voir défiler : après tout, il était normal et, si les autres hommes normaux voyaient défiler des choses, il voulait en voir lui aussi. Mais il s'en réjouit un instant plus tard. Cela signifiait probablement qu'il n'était pas en train de se noyer. Bien sûr qu'il n'était pas en train de se noyer !

Standish regarda attentivement le ciel monotone. Le nom du cargo scandinave qui avait croisé l'*Arabella* sur sa route lui revint à l'esprit. C'était fou ce genre de choses : il avait complètement oublié cette histoire de cargo et voilà qu'il s'en souvenait d'un coup, prénom compris. Il s'appelait *Ingrid*. L'*Ingrid* lui sauverait peut-être la vie si l'*Arabella* ne revenait pas. Mais il savait qu'il n'y avait aucune chance pour que cela arrive, et soudain il se surprit à penser : « *Standish... Standish... ne te berce pas d'illusions.* » Alors il se sentit de nouveau malheureux.

Il pensa aux passagers de l'*Arabella* : ils étaient sûrement en train de remarquer son absence. Le cuisinier l'avait vu descendre le corridor, mais ne l'avait pas vu revenir : il signalerait sûrement sa disparition. Le steward remarquerait qu'il n'avait pas commandé son petit déjeuner... le steward verrait qu'il n'était pas dans sa cabine, bien sûr qu'il le verrait. Et ce bon vieux Nat Adams... enfin une valeur sûre ! Il avait plus confiance en lui qu'en n'importe quel autre passager. Nat était probablement déjà en train de le chercher et de s'alarmer. Nat allait très bientôt signaler son absence à Mr Prisk. Alors ils seraient obligés de revenir le chercher. C'était une loi maritime tacite. Même si le capitaine Bell ne l'aimait pas, même s'il n'avait aucune envie de s'embêter, il serait obligé de faire demi-tour. C'était comme ça. Et puis, Mrs Benson… c'était une valeur sûre elle aussi. Elle serait déçue de ne pas le trouver dans la piscine, mais surtout, le petit Jimmy, ce bon petit Jimmy serait déçu de ne pas le trouver juste après le petit déjeuner, à l'heure où il venait chercher Standish pour qu'ils aillent jouer sur le pont. Merveilleux petit Jimmy. Une vraie perle, cet enfant. Jimmy était une valeur doublement sûre, aussi sûre que le retour de l'aurore.

Tout son corps fut soudain parcouru d'un intense désir de vivre. Son pouls accéléra sous le coup de l'émotion, et son cœur s'emballa furieusement dans sa poitrine. Il ne s'était jamais positionné si franchement sur le sujet : il s'était contenté de vivre sans trop y penser, s'imaginant vaguement qu'un jour ou l'autre, naturellement, il mourrait. Mais il voyait désormais clairement que la vie était précieuse ; que tout le reste, l'amour, l'argent, la célébrité n'étaient que vanité en comparaison du simple bonheur de ne pas mourir.

Et voyant cela, il comprit soudain l'étrange maladie qui l'avait forcé à quitter New York. Pendant tout son voyage, il n'y avait que vaguement songé, car il avait eu peur d'y réfléchir trop sérieusement. Mais il savait désormais quelle était sa maladie, et il se rendit bizarrement compte qu'il avait le courage de l'affronter. C'était la maladie de la négation totale. Durant ces quatre jours de léthargie, il avait passé une heure, la pire de toutes, à se creuser la cervelle dans le vain espoir de trouver quelque chose qu'il eût voulu faire. D'abord, les choses du corps : il n'avait pas voulu manger, il n'avait pas eu soif, il n'avait pas éprouvé de désir charnel, la nicotine et l'alcool ne l'intéressaient plus. Il n'avait pas voulu se dépenser, et pourtant il n'avait certainement pas non plus voulu paresser ni dormir. Durant cette heure, il n'avait éprouvé aucune envie sur le plan corporel : son apathie était telle qu'il n'eût pas été surpris d'apprendre la disparition de ses nerfs. Pas mieux du côté mental : il n'avait certainement pas voulu voir ses amis ni discuter ni « faire la fête », et pourtant il n'avait pas vraiment souhaité rester seul. Le peu de créativité qu'il avait (il avait écrit un sonnet dans sa jeunesse) était resté inerte. Tout comme son intellect. Par exemple, il n'avait pas voulu s'amuser à résoudre un épineux problème algébrique, mais il avait aussi tremblé à l'idée de devoir abattre une journée de dur labeur à son bureau, avec les téléphones qui sonneraient constamment et les clients qui l'obligeraient à se décider dans l'urgence. Jusqu'alors, il avait toujours réussi à éviter ce genre de mystérieuse crise en « se réfugiant dans le travail », mais durant cette heure, sa lassitude était telle que ce n'était même plus possible. Même chose sur le plan spirituel : il ne s'était pas préoccupé de l'au-delà ni de son passé, ne s'était pas émerveillé de la création du monde, n'avait pas plus voulu aller à l'église que s'en tenir à distance. Une heure durant ce fut l'homme le plus blasé du monde ; il se retrouva piégé dans le vide du néant, et c'est pourquoi ce fut si terrible, c'est pourquoi il avait dû partir.

Standish se surprit à parler tout haut :

– Maintenant c'est tout l'inverse. Je ferais tout pour une cigarette, pour un verre... Ciel, mais je pense à voix haute !

C'était pourtant vrai : il pensait aux cigarettes imbibées d'eau qu'il avait jetées avec sa veste... comme il aimerait en fumer une, comme la nicotine apaiserait ses poumons près d'imploser. Comme la brûlure d'une rasade de whisky réveillerait sa gorge asséchée ! Et si seulement il pouvait se prélasser dans un bon lit, deux oreillers blancs sous la tête... Olivia porterait ce négligé en dentelles qu'elle ne mettait que pour certaines occasions, et il s'enivrerait du parfum de son corps ! Il travaillerait et il se distrairait avec un féroce enthousiasme s'il parvenait à s'en tirer. Le jour, au bureau, ce serait une vraie turbine, et le soir, pour calmer son insatiable appétit d'amusement, il deviendrait la coqueluche de ses amis... il les divertirait jusque tard dans la nuit, chaque nuit ! Et le dimanche, il irait à l'église et il prierait et ce serait un homme bon et grand, si Dieu et le capitaine Bell voulaient bien le sauver maintenant.

– Capitaine Bell ! s'écria Standish. Capitaine Bell !

Le profond silence qui suivit ces cris, sa première crise d'hystérie, fut la pire dépression que Standish eût jamais connue. Il faillit s'évanouir de peur. Sa pomme d'Adam fit un bond quand il ravala sa salive. Son cri était si dérisoire sur cette mer abyssale que Dieu devait rire à s'en tenir les côtes. Un sentiment de honte envahit Standish. Il fit quelques mouvements de rage et se retourna pour s'assurer que personne ne l'avait entendu. Mais il ne vit que l'onde infinie de ces eaux sans pitié, et l'*Arabella* qui n'était plus qu'une tête d'épingle à l'horizon.

Le regard de Standish se durcit. Puisque l'*Arabella* n'était plus qu'un vulgaire point sur son panorama, il prit une ferme résolution. Il userait de tous les talents que Dieu et son éducation lui avaient offerts pour s'en tirer vivant : il ferait preuve d'endurance, de courage, et de son intelligence la plus acérée. Il économiserait la moindre particule d'énergie, se prémunirait de l'insolation, repousserait la soif et la faim, se maintiendrait à la surface de l'eau des heures et des heures durant par la force de sa détermination. Il ferait tout cela, nom de Dieu, et il vivrait pour raconter son histoire ! Il ne demandait aucune pitié : tout était de sa faute, il avait fait le clown sur une tache de graisse. Il était prêt à en payer le prix. Mais il vivrait !

C'est alors que le pire arriva, et il arriva si vite que Standish fut pris de court. Il réalisa qu'il avait soif. Il ne savait pas ce qui avait déclenché cette sensation, mais il la soupçonnait d'être arrivée au moment même où il avait voulu la repousser. Il se reprocha bientôt de ne pas s'être abondamment désaltéré avant de passer par-dessus bord. Un instant plus tard, il ruminait déjà la grande énigme de la nature : pourquoi tant d'eau non potable ? Il se souvint qu'avant de faire la promenade qui avait causé sa chute, il n'avait bu qu'une seule tasse de café, alors qu'il en buvait d'ordinaire deux. En fait, il allait rebrousser chemin pour prendre cette deuxième tasse quand il glissa sur la tache de graisse. Plus il se répétait qu'il ne fallait pas penser à la soif, plus il avait soif, si bien qu'il s'emporta et se mit à hurler « Pour l'amour du Ciel, tais-toi ! Tu n'as pas soif. Tu te fais des idées. Bon sang, cela ne fait même pas deux heures que tu es dans l'eau… »

Un autre terrible silence. Cette deuxième crise l'affligea : il était bel et bien en train de monologuer tout haut, lui, Henry Preston Standish, lui dont les ancêtres avaient incarné la raison tout autant que la distinction. Standish se mit à nager un peu la brasse, doucement, sans trop forcer. Il nageait en direction de l'*Arabella*, évidemment, tandis qu'elle se retirait derrière l'horizon. Et le soleil était haut, bien plus haut que quand il avait glissé sur cette tache de graisse.

Standish se crispa. Il sentait son cœur cogner dans sa poitrine. À quelques centaines de mètres, un banc de marsouins jouait gentiment dans l'eau. Il y en avait au moins une douzaine, et ils zigzaguaient entre l'air et l'eau en faisant des bonds d'une grâce extraordinaire – somme toute, un merveilleux spectacle. Ce n'étaient pas les marsouins qui terrifiaient Standish : il les savait inoffensifs (quant aux marsouins, ils n'envisageaient même pas de l'approcher, car l'inconnu éveillait chez eux plus de méfiance que de curiosité). Ce qui le terrifiait, c'était qu'il ne soutenait manifestement pas la comparaison : il voyait bien qu'il n'était pas fait pour vivre en milieu aquatique, à peine plus que sa montre-bracelet, qui avait rendu l'âme à l'instant où elle avait effleuré l'eau. Des siècles d'évolution le séparaient de ces marsouins, et pourtant il rêvait d'avoir les mêmes branchies, la même queue. « Osmose », se dit soudain Standish, et il se détendit immédiatement, car il n'avait jamais repensé à ce mot depuis sa première année d'études, dix-neuf ans plus tôt.

Les marsouins disparurent aussi rapidement qu'ils étaient arrivés, laissant Standish en proie à la mélancolie des mauvais pressentiments. Il regarda de nouveau en direction de l'*Arabella*. Elle était partie.

Il ne pouvait pas y croire. Un instant plus tôt elle était encore là ; minuscule, certes, mais bel et bien là, à l'horizon, le seul lien qu'il lui restait avec le monde qu'il connaissait. La mélancolie fit place au désespoir quand il parcourut l'horizon d'un regard furieux. Et l'instant d'après, le désespoir fit place aux larmes, à des larmes salées qui roulèrent le long de ses joues et tombèrent dans l'eau salée. Car il voyait de nouveau l'*Arabella* : il l'avait cherchée sans réfléchir vers le soleil, alors qu'elle était désormais un peu au nord du soleil. Mais il ne voyait plus qu'une tache floue avec une cheminée, et parfois quand la houle atteignait son sommet il ne voyait plus rien. Il se débattait furieusement, faisant tout son possible pour s'élever au-dessus de l'eau, plissant ses yeux pleins de larmes pour voir quelque chose qu'il ne voulait pas voir : cette cheminée plonger inévitablement de l'autre côté de son monde.

– C’est si cruel, oh, si cruel ! cria Standish.

Au même moment, il réalisa que son portefeuille, qui contenait son argent détrempé, la photo de sa famille et les vieilles adresses de bars clandestins s’était mystérieusement détaché de son caleçon jaune et bleu avant de couler jusqu’au fond de l’océan.

7

Le soleil fit son ascension, s'attarda dans les hauteurs du ciel, dardant ses perfides rayons sur son empire désolé, et puis, comme s'il s'était décidé à le regarder de plus près, il entama tranquillement sa descente. L'homme à la mer gisait dans un état second, perdu dans la contemplation de son destin.

Vers trois heures (à en juger par la position du soleil) Standish regarda ses mains moites. Elles étaient complètement délavées, d'un blanc terne, la couleur sans couleur de la mort approchante. Sa soif était désormais atroce, et cette horrible vision lui revenait sans cesse à l'esprit, la vision de l'*Arabella* plongeant impitoyablement derrière l'horizon. Depuis ce moment, sa vie n'était plus la même, et le temps s'était dissous dans la monotonie de son existence. La mer était d'un bleu sombre, et elle assombrissait son âme. De toutes les façons de mourir, songeait-il, la noyade était la pire, et il se demandait pourquoi ce sort lui était réservé. Cette épouvantable affaire contrariait toute l'idée qu'il s'était fait de la justice. Il avait toujours cru en la loi de la rétribution : chacun de tes bienfaits te sera rendu, et chacun de tes méfaits aussi. Mais Standish n'avait jamais fait grand mal à personne. Certes, il avait perdu l'argent de quelques clients au moment du krach boursier, mais ce n'était pas vraiment de sa faute. Il avait été, dans l'ensemble, honnête, bon et juste, alors pourquoi les divinités du destin se montraient-elles malhonnêtes, cruelles, et si odieusement injustes envers lui ? Pourquoi la Faucheuse ne s'en prenait-elle pas à Pym, ou même à Bingley ? Il comprit soudain ce qu'il y avait de terrible avec le fait de se noyer dans une mer calme et bleue : cela laissait tout le temps de réfléchir et de maudire son destin, de ressentir toute l'impuissance d'un petit être terrifié, de regarder sa substance vitale se faire aspirer.

La seule nourriture à disposition d'un naufragé était l'espoir d'être secouru, et sans elle on ne pouvait que perdre entièrement la raison. Pourtant, bien qu'il n'entretînt plus grand espoir, Standish avait encore toute sa tête. D'un côté, cela l'étonnait : en toute logique, il aurait déjà dû basculer dans la démence, dilapider ses dernières forces en une grande et déchirante crise d'hystérie. Mais il n'était pas du tout délirant : il était parfaitement lucide, et terriblement malheureux. Standish en conclut qu'il était si bien éduqué qu'il ne pouvait pas devenir fou. Il n'était pas du genre à perdre son sang-froid : il n'avait aucun mal, réalisait-il, à observer sa propre douleur, tout comme il avait passé des années à regarder fluctuer le cours des actions sur le téléscripteur de son bureau.

Le soleil était désormais écrasant et le simple fait de le regarder, si prodigieusement gros et brûlant, puis de parcourir de ses yeux rougis la mer incroyablement vaste et déserte, ces impitoyables étendues d'eau, le tout dans un gigantesque cercle d'une précision que jamais aucun homme ne pût égaler, donnait à Standish le vertige et la nausée.

Il essaya de ne pas regarder autour de lui. Il essaya de garder les yeux fermés puis, flottant dans cette position qu'il avait tant appréciée dans sa jeunesse, mais qui tenait désormais toujours un peu plus du supplice, il s'efforça d'imaginer qu'il était ailleurs. Il s'imagina dans son bureau, dans les bras d'Olivia, à Orange, assis sur une chaise à bascule et discutant avec son père et sa mère, ou à Hawaï, confortablement installé dans un fauteuil d'où il regarderait les vagues du soir déferler sur Waikiki. Mais Standish finit par se rendre à l'évidence amère que cet espoir de se duper était si puéril qu'il était dûment voué à l'échec. Car il lui revenait toujours à l'esprit quelque insidieuse pensée, le futile regret de son destin, la parfaite injustice de tout cela. Dieu devrait avoir honte, songea Standish, honte de tolérer une chose si grave. D'autres naufragés, des hommes bien pires que lui, des hommes qui n'avaient jamais fait une seule bonne action de toute leur vie de perdition, étaient traités avec plus d'indulgence. Des bateaux de pêche les sauvaient des eaux, le courant les ramenait vers la côte, des morceaux d'épaves, de précieuses planches de bois pourri flottaient à leur rencontre, leur permettant de se reposer un peu, d'interrompre l'insoutenable effort requis pour rester sur le dos en veillant à ce que leurs poumons fatigués, au bord de l'implosion, fussent constamment remplis d'un maximum d'air. D'autres avaient droit à tous ces moments de répit, mais Dieu refusait de lui envoyer la moindre allumette.

« Pourquoi ?, hurla Standish. Pourquoi ? » Et il réalisa que c'était la première fois qu'il parlait depuis midi, quand le soleil était exactement au-dessus de sa tête. Sa voix l'emplissait d'un incommensurable désespoir, tant elle était solitaire dans le silence de ce vide aquatique. Il n'y avait apparemment aucune réponse à sa question, qui était, réalisait-il, à la fois légitime et purement rhétorique. Il n'y avait désormais plus, et il n'y aurait jamais plus à chaque chose une explication. La vie était sens dessus dessous : les gentils se faisaient violenter et torturer, les méchants étaient hilares et vivants, et les proverbes, y compris « on ne peut pas avoir le beurre et l'argent du beurre », étaient tous effroyablement mensongers.

C'était l'heure la plus chaude, ce qui voulait dire, supposait-il, qu'il devait être environ trois heures et demie. Mais il avait l'impression qu'il ne pouvait pas même être sûr de l'heure : n'importe quel autre homme fût sans doute absolument certain qu'il était quinze heures trente, mais il ne croyait plus en rien. Cependant, s'il était bien quinze heures trente, cela voulait dire qu'il était dans l'eau depuis plus de dix heures. Dix heures ! De grandes choses s'étaient produites en dix heures. Henry Preston Standish Junior, le mâle qui ferait perdurer le nom des Standish, était né en moins de dix heures, de la première à la dernière contraction. Des fortunes avaient été gagnées et perdues en moins de temps, et cela faisait maintenant dix heures que Standish était dans l'eau, mais il ne s'était rien passé de spécial.

Néanmoins, quand Standish regardait les choses sous un autre angle, il était fier de lui. De nombreux hommes, il le savait, seraient déjà morts. La plupart des hommes n'auraient pas eu le cœur aussi vaillant que le sien dans pareille situation. À elle seule, la soif, cette soif insidieuse, cruelle, les eût grillés comme des moucherons sous une flamme. Soudain Standish eut une nouvelle bouffée d'espoir : il serait secouru, il savait qu'il serait secouru. Le cuisinier, ce crétin, cet idiot de cuisinier, sans doute avait-il remarqué son absence à présent. Le steward, le petit Jimmy ! Puisque le cuisinier était un être humain, il avait un cerveau, et qu'importent sa taille et ses dysfonctionnements. Dieu lui glisserait cette réflexion dans sa cervelle indolente s'il était trop bête pour y penser tout seul. L'*Arabella* ferait demi-tour et le retrouverait. D'ailleurs, le demi-tour était sans doute déjà fait et elle apparaîtrait à l'horizon d'un instant à l'autre, se dirigeant tout droit vers la moucheture qu'il était. Encore trois heures avant l'obscurité : tout pouvait encore arriver, et il survivrait, par tous les saints !

« Oh, Dieu !, cria Standish. Oh, cher Dieu ! Oh, Dieu, toi qui es bon et bienveillant ! » Sa voix se fit tragiquement stridente, car il perçut en un éclair la raison de son nouvel optimisme : l'idée du suicide lui avait insidieusement traversé l'esprit. Voilà ce qu'il se passait. Et feindre le courage face à cette nouvelle menace qui pesait sur sa santé mentale était sa façon de la combattre.

À l'instant même où il commença d'y penser il sut qu'il ne se suiciderait pas : les Standish n'étaient pas du genre à se suicider. Et pourtant, pour quelque raison sadique dont l'analyse lui échappait en partie, il décida de s'accorder le plaisir d'y réfléchir délibérément tandis qu'il gisait là, avec le sentiment que chaque nouvelle inspiration lui demandait un effort résolu. Premièrement, personne n'en saurait jamais rien. C'était funestement drôle, une plaisanterie chevaleresque. Pas de petit paragraphe dans le journal, pas de messes basses au club ou dans le dos d'Olivia. C'était à sa connaissance le seul véritable point qu'il eût marqué à son avantage depuis qu'il avait glissé tel un vulgaire péquenaud de Pétaouchnok sur cette satanée tache de graisse. Il serait impossible d'établir les faits, quand bien même on retrouverait son corps. Car il lui suffirait de libérer l'air de ses poumons, ce qui ne serait pas un effort, mais un manque d'effort, et de laisser son visage descendre de cinq centimètres. Ou seulement de deux, puisque l'eau lui léchait déjà le pourtour des narines. Expirer, s'immerger, et puis, soudain, avec la dernière once de volonté et d'énergie dont le corps dispose, prendre une grande bouffée, non pas d'air, mais d'eau bleue. Ensuite, supposait Standish, il s'ensuivrait un combat désespéré : l'eau serait probablement expulsée de ses poumons par réflexe, et il remonterait violemment à la surface, agitant les bras, toussant, crachant, suffoquant. Mais s'il inspirait l'eau avec suffisamment de détermination (tout dépendait de cette grande bouffée sous-marine) le combat ne serait pas long. Toute sa souffrance et sa peur se dissiperaient, sa soif serait apaisée, et il n'aurait plus jamais à reprendre cette horrible position qui consiste à cambrer le dos, pointer les pieds et écarter les bras. Standish décida d'essayer (en s'arrêtant avant la bouffée d'eau) simplement pour voir ce que cela lui ferait.

Il libéra l'air de ses poumons et se fit un plaisir de laisser son corps couler. À l'instant où il ferma les yeux, il fut catapulté vers son enfance, du temps où il se pinçait se le nez pour plonger la tête sous l'eau du bain. C'était merveilleux d'être sous l'eau, de se laisser couler nonchalamment, mais il savait qu'à son grand regret, l'expérience allait très bientôt prendre fin et qu'il devrait remonter respirer à la surface. Il fut soudain très fortement tenté de poursuivre l'expérience un peu plus loin : inspirer un tout petit peu d'eau, simplement pour voir ce qu'il se passerait. Des hommes s'étaient jetés du haut d'un toit pour moins que ça, et sa situation ne pouvait guère empirer.

Standish faillit passer à l'acte, mais il se produisit une chose incroyable. Il eut la certitude absolue qu'il allait être secouru, car il croyait entendre les vibrations de l'*Arabella* dans l'eau. Il refit immédiatement surface et avala frénétiquement l'air frais et salé. Il scruta l'horizon pour y trouver l'*Arabella*, mais il ne la vit nulle part. Exténué, Standish se remit à faire la planche, avec le sentiment d'entrer dans un étrange état de choc.

Après cela, le temps se dissout dans un songe brumeux. La douleur s'installa dans son dos sous une forme diffuse, mais persistante, sans empirer ni s'atténuer. L'effort nécessaire pour rester à flot, qui dépendait de la vitesse à laquelle il parvenait à expulser l'air de ses poumons et à le remplacer par de l'air frais, devint une routine barbante et déplaisante, comme s'il passait des heures à travailler devant une machine qui l'obligerait à répéter la même tâche simple, à l'identique et à l'infini, des milliers de fois, sans jamais s'arrêter.

« *Olivia... les enfants, Junior, Helen. C'était vraiment dur, mais j'ai fini par m'y faire. Je ne sais pas comment décrire ce que cela fait de se retrouver seul au milieu de l'océan, mais je vais essayer. Je ne mesure qu'un mètre soixante-dix et je pèse soixante-cinq kilos. Mais Dieu seul connaît la profondeur de l'océan, ou le poids total de ses eaux. Imaginez donc un peu, Olivia,*

Junior, Helen ! À perte de vue, tout autour de vous, de grandes étendues d'eau. Et au-dessus, le ciel et le soleil. Tout votre monde se résume à cela. Rien ne vient rompre la monotonie de ce paysage. Et une petite tache de quelque chose en plein milieu du tableau. C'est moi, ton mari, votre père. Par moments, j'ai cru que je n'aurais pas la force de tenir jusqu'à ce qu'on vienne me chercher. S'il te plaît Olivia, passe-moi les cigarettes. Et une allumette. Merci. Alors, tandis que je faisais la planche (non, mieux vaudrait leur dire que j'avais nagé tout ce temps), *tandis que je nageais dans cette maudite mer, je suis tombé nez à nez avec un banc de marsouins. Nous étions si proches qu'ils auraient pu me manger dans la main. Je n'ai pas eu peur. Il n'y avait aucune raison. Avez-vous déjà vu un banc de marsouins jouer devant la proue d'un navire ? Il n'y a rien de plus charmant. Mais je n'aurais jamais cru que je me retrouverais un jour nez à nez avec eux. Oui, Olivia, je crois que je vais reprendre un scotch à l'eau pétillante.* »

L'idée d'un scotch à l'eau pétillante fut l'idée de trop. « Un homme à la mer ! » hurla Standish, d'une voix éraillée par la soif. Puis il se mit à geindre comme un enfant difficile. Son sort eût été tellement plus humain si l'hélice de l'*Arabella* l'eût broyé et tué sur le coup. Une douleur vive et fulgurante était bien plus souhaitable qu'une douleur sourde et lente, et une mort subite bien plus douce que l'interminable agonie d'un vain espoir.

Il réalisa soudain que son caleçon jaune et bleu et son maillot de corps étaient un poids. Dans un moment d'emportement, il se mit à tirer dessus. Le caleçon s'enleva facilement, mais il dut s'acharner sur le maillot pour l'ôter. Il se débattait comme un forcené, essayant désespérément de le déboutonner. Les attaches finirent par céder : il était enfin libre et nu. Sa nudité était une nouvelle sensation dont il fut temporairement reconnaissant. Pendant quelques minutes, il se sentit même à l'aise dans l'eau. Mais il réalisa ensuite avec grand effroi que c'était parce qu'il avait toujours aimé nager nu : cela avait été un plaisir, un moment de détente qu'il attendait avec impatience les jours de grande chaleur. À New York, dans la piscine du club d'athlétisme qui était strictement réservée aux hommes et qui sentait le chlore, il s'était bien souvent fait le plaisir de nager nu. Aujourd'hui, sa nudité avait un sens complètement différent, et il se mit à frissonner de fatigue et de froid rien que d'y penser. Il s'était complètement déshabillé pour se préparer à mourir, ce n'était pas plus compliqué que ça. Les croque-morts déshabillaient leurs victimes avant de les costumer pour leur enterrement. Mais Standish devait se déshabiller lui-même, de son vivant, et il ne serait pas enterré après sa mort.

– Pense à Olivia ! s'écria Standish.

« Olivia… à force de rester dans l'eau tout ce temps, j'ai parfois pensé aux pires horreurs. Mais chaque fois que le tableau me semblait trop noir je fermais les yeux et je vous voyais tous les trois, toi et les enfants. Et je n'ai jamais vraiment perdu tout espoir. »

De grosses larmes coulaient de ses yeux brûlants, à demi aveuglés. Ce serait une si belle histoire à raconter, si seulement il survivait ! Le monde avait besoin de cette histoire : une histoire de courage face à un désastre parfaitement élémentaire, une histoire d'espoir nourri par un cœur vaillant.

Sa voix retentit sur un grand désert bleu :

– Écoutez-moi ! Par pitié, que quelqu'un m'écoute !

Mais il n'y avait évidemment personne pour l'écouter, et Standish trouva que l'absence de public était la pire des farces.

8

Ce soir-là le dîner, servi dès cinq heures sur l'*Arabella*, fut un grand succès. Il y eut tout d'abord une soupe de palourdes, puis du hareng grillé, des côtelettes d'agneau, du rôti de dinde farci aux châtaignes, de la salade russe et de la salade de betteraves, des pommes au four, du chou-fleur, de la tarte aux pommes, de la chantilly à la crème de marrons, du fromage, des fruits, du café et du thé. La nourriture n'était pas extraordinaire, les talents du cuisinier n'étant que médiocres, mais elle était saine et savoureuse, et servie en quantité. Que demander de plus à bord de l'*Arabella* ? Sur une mer si calme, avec le magnifique défilé que le ciel offrait à ses spectateurs subjugués, nul besoin de stimuler son appétit. Au regret du steward, personne n'avait commandé le moindre apéritif, cocktail ou scotch à l'eau pétillante, pas même Mr Standish, et au moment de dresser les tables, il avait dit au cuisinier qu'il n'avait jamais servi plus ennuyeuse assemblée.

Les enfants de Mrs Benson avaient tellement faim qu'ils mangèrent leur dîner dans un calme relatif et battirent tous leurs records de maintien. Mr et Mrs Brown n'avaient jamais relevé que la contemplation continue des splendeurs divines aiguise généralement l'appétit, mais ils auraient très bien pu, car c'était vrai dans leur cas. Nat Adams avait un appétit naturellement vif auquel s'ajoutait le plaisir de reprendre à chaque bouchée une petite part de la somme qu'il avait versée d'avance pour l'ensemble du voyage. Et de toute façon, il avait toujours aimé le rôti de dinde aux châtaignes. Les officiers et les ingénieurs étaient aussi affamés qu'à leur habitude, et ils ne parlaient jamais beaucoup à table. Les passagers se levèrent un à un de leur table (exceptés Mr et Mrs Brown, qui se levèrent ensemble) et quittèrent le carré pour se diriger tranquillement vers le pont, où chacun choisit son endroit favori pour digérer son festin et regarder le soleil se coucher.

Pendant ce temps le capitaine Bell, suivi de près par Mr Prisk, avait fouillé le navire rageusement. D'abord simplement irrité, le bon capitaine s'était mis à bouillonner, et quand il eut découvert que Mr Prisk disait vrai et que Standish avait réellement disparu, il fut excédé de rage. De retour entre les murs de sa cabine, il vitupéra contre Mr Prisk et le maudit de ne pas lui avoir fait part de son intuition plus tôt. Il le menaça de toutes sortes d'horribles sanctions, dit qu'il lui confisquerait son permis, qu'il le jetterait dans les fers et le ferait emprisonner quand l'*Arabella* atteindrait le Panama. Mr Prisk essuya cette bourrasque avec le plus grand stoïcisme, comprenant qu'il s'agissait d'un numéro traditionnel que le capitaine était forcé de jouer. Le capitaine ne mit aucune de ses menaces à exécution, et Mr Prisk travaille toujours à ses ordres, mais à bord d'un autre navire et sur un autre océan.

Enfin, au sommet de son exaspération, le capitaine Bell décida de convoquer tout le monde au carré pour un interrogatoire. Mr Prisk fut soulagé d'être congédié et sortit de la cabine en jurant très discrètement. S'approchant de chaque passager, officier et membre de l'équipage, il les informa un à un, en leur disant tout bas : « Merci de retourner au carré. Le capitaine Bell a une annonce à faire. » Il eut beau s'efforcer d'accomplir sa tâche sans avoir l'air alarmiste, ces mots plongèrent toute l'*Arabella* dans une grande agitation. À bord d'un navire un incident est toujours appréciable et quinze minutes plus tard l'équipage et les passagers étaient déjà tous dans le carré, qui résonnait joyeusement de leurs conversations. Personne n'avait la moindre idée de ce pour quoi on les avait convoqués, pas même les officiers ni les ingénieurs, ce qui rendait la situation d'autant plus mystérieuse. Pendant quelques minutes, il fusa dans la pièce toutes sortes de rumeurs, comme la présence d'une maladie mortelle à bord de l'*Arabella*, ou la nouvelle d'une catastrophe que le capitaine aurait tout juste reçue, quelque chose comme un grand tremblement de terre aux États-Unis. Dans tout ce chahut, il n'y eut aucune âme pour remarquer l'absence de Standish. Le bourdonnement de leurs voix prit l'ampleur d'un vrai brouhaha, mais il s'arrêta presque entièrement quand le capitaine Bell fit son entrée, vers six heures.

Le visage empreint de sévérité, il avança à grandes enjambées, sans ouvrir la bouche, en direction d'un angle avec une table d'où il pourrait s'adresser à toute l'assemblée. Il balaya la pièce d'un long regard impérial avant de parler :

– Mesdames et messieurs, Mr Standish a disparu.

Ses mots eurent un effet des plus étrange : il y eut une sorte d'exclamation concertée, puis un silence concerté, et pour finir des éclats de voix de toutes parts. La rapidité avec laquelle l'assemblée comprit l'annonce du capitaine montrait que presque tous savaient déjà que Standish avait disparu depuis des heures, mais qu'ils s'étaient simplement abstenus d'en parler. Pour la plupart d'entre eux, la nouvelle venait confirmer un obscur pressentiment qu'ils avaient eu quelque part au fond d'eux : maintenant que quelqu'un avait parlé, ils s'étonnaient tous que personne n'eût abordé le sujet plus tôt.

Le capitaine Bell leva la main.

– S'il vous plaît, s'il vous plaît.

Il y eut un silence.

– À notre connaissance, le gentleman a été vu pour la dernière fois vers cinq heures ce matin. L'un d'entre vous... Réfléchissez bien, je vous prie : l'un d'entre vous a-t-il vu Mr Standish depuis cette heure ?

Il y eut un profond silence. Le capitaine Bell s'éclaircit la voix.

– Mr Brown, j'ai cru comprendre que vers dix heures, vous avez dit à Mrs Benson que vous aviez vu Mr Standish dans la bibliothèque aux alentours de neuf heures trente.

Mr Brown s'exprima d'une voix calme et digne :

– Oui, c'est bien cela, monsieur le capitaine, mais j'étais dans l'erreur. J'ai expliqué à Mr Prisk, il y a plusieurs heures, que c'était en réalité Mr Adams que j'avais vu dans la bibliothèque. Je ne comprends pas comment j'ai pu confondre les deux hommes. J'étais perdu dans mes pensées, je le crains.

– Ne vous en faites pas, tout le monde peut se tromper, dit le capitaine Bell. Mais j'ai besoin d'en être sûr : Mr Adams, étiez-vous bien dans la librairie vers neuf heures trente ?

Nat Adams était sidéré.

– Oui, monsieur, j'y suis resté quelques minutes. Cinq heures du matin ! Cela fait treize heures…

– Oui, acquiesça le capitaine Bell, sombrement. Treize heures. Mais je vous en prie, que tout le monde se concentre et cherche bien. N'y a-t-il personne qui se rappelle avoir vu Mr Standish après cinq heures ?

Personne. Presque tout le monde fut pris de vertige et de confusion. Le capitaine Bell réalisa qu'il était inutile de poursuivre l'interrogatoire : le cuisinier était manifestement la seule personne ayant vu Standish à cinq heures, et personne ne l'avait croisé depuis.

– Je vous remercie, conclut le capitaine Bell. Nous allons devoir faire demi-tour pour chercher Mr Standish. Et nous arriverons au Panama avec au moins une journée de retard.

La rage du capitaine était telle qu'il craignit de ne pouvoir la contenir face aux passagers. Il sortit du carré et se dirigea vers la passerelle. Il ordonna à l'*Arabella* de faire demi-tour et de reprendre la direction de Honolulu. Il ordonna au troisième second de préparer les projecteurs du pont pour la nuit, et il ordonna à tout le monde de coopérer, même s'il savait très bien qu'il n'y avait en réalité pas grand-chose à faire. Tout cela le rendait fou de colère, mais il savait qu'il allait devoir mettre en scène cette mascarade qui durerait au moins douze heures et les mènerait au matin quoi qu'il arrive. Cela voulait dire perdre toute une journée. Et cela coûterait cinq cents dollars à la compagnie, alors même qu'ils faisaient tout pour économiser. Avant de quitter la passerelle pour retourner dans sa cabine, il ordonna que l'on fît basculer les projecteurs pour en évaluer la portée même s'il faisait encore jour, et il réalisa qu'ils n'éclaireraient pas mieux qu'une allumette en plein soleil.

Dans le carré, il y eut un moment de murmures retenus, entrecoupés de petits bruits de bouche, de soupirs et de légers sifflements. Les officiers, les ingénieurs et l'équipage s'en allèrent discuter de la nouvelle dans leurs quartiers, et la plupart des passagers éprouvèrent soudain le désir d'être seuls. Même Mr et Mrs Brown arrêtèrent de chercher de nouvelles exégèses dans leur vieux *Christian Science Monitor*, et ils se séparèrent. Le cuisinier se sentait honteux et misérable. Il marcha jusqu'au seuil fatidique, où il s'arrêta longuement. Au bout d'un moment, il frémit d'effroi, voyant quelque horrible symbolique dans le fait d'avoir jeté les œufs pochés à la mer après Standish. La réaction du petit Jimmy Benson fut minime, étant donné les limites de son amitié pour Standish. Il regarda la mer et tenta de l'imaginer dans l'eau, mais cela le dépassait, et il n'en perdit pas plus le sommeil que l'appétit. La première pensée du steward fut pour le pourboire qu'il ne toucherait pas, et la deuxième, pour la cravate à petit pois qu'il regrettait de ne pas avoir chipée.

Mrs Benson se dirigea l'air songeur vers un recoin derrière un canot de sauvetage où elle pourrait s'isoler. Le soleil descendait et les étoiles commençaient à luire discrètement. Ce moment lui rappelait toujours la façon dont les lumières sont progressivement rallumées dans une salle de cinéma. Aller voir un film serait la première, ou peut-être la deuxième chose qu'elle irait faire quand elle aurait regagné la terre ferme. Elle contempla furtivement l'horizon. Elle était ici, en sécurité sur ces grandes planches de bois, et Mr Standish était là-bas, dans l'eau. C'était difficile à imaginer et encore plus difficile à croire, et pourtant elle savait qu'il en était ainsi. Cet homme avait été si gentil, si respectable aussi (elle sortit une gomme à la menthe poivrée de la boîte qu'elle avait dans sa poche et se mit à la mâchouiller pensivement) – toujours un mot gentil pour les enfants, toujours attentif, et un vrai gentleman avec les femmes. Un frisson lui parcourut le dos, un frisson très léger, mais qui suffit à la faire reculer d'un pas vers l'intérieur du pont. Il y avait quelque chose de mystérieux chez cet homme, elle l'avait senti dès le début. Un côté sombre, quelque chose de triste et d'intangible, dominait son être. Les quelques mots qu'il avait prononcés les rares fois où il s'était montré loquace avaient suffi pour qu'elle devinât son malheur, bien qu'elle ne pût l'expliquer. Mais cette façon de se suicider, sauter dans l'océan sans prévenir personne, c'était un geste qui la dépassait complètement. Chaque personne trouve certaines choses concevables, mais pas d'autres. Pour Mrs Benson, il était impossible de se figurer un homme à la dérive dans l'océan. Elle mordit sa gomme à la menthe poivrée et la suçota jusqu'à se brûler la langue.

Nat Adams était tellement affecté par toute cette triste affaire qu'il se servit une autre limonade, rafraîchissement toujours laissé à disposition dans le carré. Partir sans même laisser un mot derrière soi… il n'en revenait pas. Il but son verre lentement, l'amertume au palais, la gorge nouée, pensant à quel point tout eût été différent s'il avait toqué à la porte de Standish après le petit déjeuner. Peut-être eût-il toqué une deuxième, puis une troisième fois, et sans doute eût-il découvert l'absence de Standish ce matin même, quand il y avait encore de bonnes chances de le retrouver en faisant demi-tour. Il descendit vers la dunette pour gagner son endroit préféré, d'où il contempla l'océan et les étoiles qui se matérialisaient dans le ciel. Cela défiait son imagination. Il était impossible de se figurer cette immensité puis de se figurer, l'instant d'après, un petit ballot d'humanité perdu quelque part là-dedans. La disproportion était telle que l'esprit humain était tout bonnement incapable de penser ces deux choses ensemble. Nat bourra l'énorme tête de sa vieille pipe et tira stoïquement dessus, son visage un masque sillonné. Il y avait un indice dans cette affaire, il disposait d'un indice quelque part dans un coin de sa tête. Il se dit qu'il devait le trouver. Nat cracha dans la mer. Cela lui revint tout d'un coup : quelque chose que Standish avait dit l'air de rien presque sept jours plus tôt.

« Dommage qu'il ne puisse pas durer toute la vie, ce sentiment de bonheur qu'il n'est pas nécessaire de s'expliquer. » Standish avait dit cela lentement, en contemplant le soleil. C'était l'indice. Nat tassa les braises de sa pipe et se dépêcha de retourner au carré : il fallait absolument qu'il en parle à quelqu'un. Les autres l'avaient peut-être entendu dire d'autres choses qui, une fois assemblées, révéleraient le motif de cet absurde patchwork.

Dans le gaillard d'avant, Bjorgstrom, le marin finnois, était plongé dans une douce mélancolie, encore plus que son grand ami Gaskin, qui se tenait prêt à faire fonctionner l'un des projecteurs du pont. Bjorgstrom avait de bons yeux, les meilleurs de toute la marine, bien qu'il ne s'en vantât point. S'il y avait eu le moindre espoir de retrouver Standish, Bjorgstrom fût resté sur le gaillard même en plein ouragan, fouillant tout l'océan de ses yeux perçants. Il eût accepté d'être attaché au mât... s'il y avait eu le moindre espoir. Mais Bjorgstrom pensait qu'il n'y en avait plus aucun : son intuition de marin lui disait que Standish avait disparu depuis trop longtemps pour qu'on le retrouvât, à moins d'un miracle. Il n'y avait pas que le temps qui jouait contre lui : il y avait aussi le courant qui l'écartait constamment de la route de l'*Arabella*. Bjorgstrom poussa un soupir, se leva de son lit de camp et se dirigea vers la dunette. Debout, vêtu d'une salopette crasseuse, il regardait le sillage écumeux de l'*Arabella* s'évanouir dans la nuit. Standish était un homme bon, Bjorgstrom avait tout de suite vu que c'était un homme bon. C'était une drôle d'habitude que Bjorgstrom avait : il se faisait une idée de chaque passager dès le premier jour et ne changeait plus d'avis, mais cela n'avait pas grande importance, puisqu'il ne les recroisait jamais. Il avait immédiatement jugé que Standish était un homme bon, c'est-à-dire un homme qui était gentil avec sa mère et qui envoyait de l'argent à sa femme pour qu'elle s'occupe de ses enfants. Bjorgstrom passa plusieurs minutes d'oisiveté à se demander comment Standish avait pu perdre assez d'argent pour être poussé au suicide. Il avait probablement trop joué sur le marché boursier, conclut-il vaguement. C'était toujours la même histoire : vous êtes riche, et du jour au lendemain vous perdez tout votre argent sur le marché, sûrement à cause de cette extraordinaire crapule d'Ivar Kreuger, et après les gens vous poursuivent pour vous arrêter. Discrédité, vous abandonnez votre famille, mais vous finissez par apprendre que la police va bientôt vous rattraper, alors vous vous donnez la mort. C'était un motif incroyablement récurrent chez les gentlemen comme Standish. Lui, il ne mourrait pas comme ça, jamais. C'était difficile à dire, mais il avait du respect pour la mer, il retirait toujours sa casquette en face d'elle. La mer était une étrange personne qui avait toutes sortes d'étranges idées encore pires que les siennes quand il avait bu. Les marins naviguent sur la mer et la mer dit d'accord, mais faudrait pas pousser. Allez-y mollo : chacun sa route, suivez la vôtre et laissez-moi passer. Autrefois Bjorgstrom avait navigué sur un paquebot américain reliant New York à La Havane, mais il avait démissionné dès la fin de la première traversée, alors même qu'il avait cruellement besoin de ce travail. Tous ces gens frivoles avec leurs cocktails et leurs bals au clair de lune, ils n'avaient aucun respect pour la mer. Ils pensaient que Dieu avait fait la mer pour leur agrément, alors que tout marin de bon sens sait que Dieu l'a faite pour que des marchandises puissent être tranquillement acheminées d'un continent à un autre. En conséquence, la mer se mettait en colère et leur rappelait de temps en temps leur arrogance en les livrant aux flammes d'un incendie de navire, au froid d'un vent du nord-ouest, ou à des vagues d'un kilomètre de haut qui leur fracassaient le crâne. Et c'était tellement drôle que la mer les remît à leur place si facilement, encore plus facilement qu'un éléphant écrase une fourmi. C'était pour cette raison, Bjorgstrom se disait-il vaguement, que les marins ne se lavaient pas plus souvent. Les marins d'eau douce qui ne comprenaient rien à la mer s'imaginaient que les vrais marins n'aimaient pas se laver, mais c'était simplement qu'ils ne voulaient pas que la mer leur colle sans cesse à la peau. La mer les collait déjà bien assez comme ça : ils avaient sans cesse des embruns plein la figure et quand le temps était à l'orage les vagues déferlaient sur la dunette. La mer était tout autour d'eux, sauf au-dessus, mais Dieu n'était pas plus fiable : on ne savait jamais à quoi s'attendre avec Lui. Selon ses désirs, la mer pouvait subitement vous donner un bain, un très long bain, alors pourquoi se presser ? Pauvre homme, se dit Bjorgstrom. Mais après tout, si Standish voulait se suicider, cela ne regardait que lui. Pour sa part, il retournerait dans le gaillard pour essayer d'écrire à sa mère, en Finlande.

Quand Nat Adams entra dans le carré, son dentier lui faisait mal, comme toujours quand il s'emballait, et il trouva Mrs Benson, Mr Travis, le chef mécanicien, et Mr et Mrs Brown, assis dans une atmosphère d'abattement respectueux. Mr Travis avait fait tout son possible, c'est-à-dire faire faire demi-tour à l'*Arabella*. Une passion dévorante pour les machines et un besoin permanent de tout huiler avait rendu son âme cynique, insensible aux affaires humaines, et il constatait que l'absence de Standish ne lui faisait ni chaud ni froid. Mais quelque part, il savait qu'on attendait de lui qu'il se montrât un peu affecté : il avait donc abandonné à contrecœur sa partie de bridge pour passer le reste de la soirée assis dans la triste compagnie des passagers, jusqu'au moment où ils décideraient d'aller se coucher.

Mr et Mrs Brown étaient face à plus d'un dilemme. La bévue de la bibliothèque (même Mr et Mrs Brown avaient arrêté de considérer cette histoire comme un pur mensonge) leur avait laissé un mauvais goût dans la bouche, même si aucun d'entre eux ne l'eût admis devant l'autre. Mrs Brown savait que son mari avait menti : ils étaient si proches qu'elle ne pouvait être dupe. Mais selon la même logique, ils étaient si proches que c'était tout autant son mensonge que celui de son mari, ou du moins avait-il été prononcé pour son bien autant que pour celui de Mr Brown. L'erreur avait eu pour principale conséquence de donner à Mr Brown un rôle notoire dans l'affaire Standish, aux côtés du cuisinier. Mr Brown s'était trouvé forcé de dire plusieurs fois, à différentes personnes : « J'aurais juré que c'était Mr Standish, mais plus tard, à tête reposée, j'ai réalisé à quel point je m'étais égaré. L'œil est vraiment trompeur quand on est perdu dans ses pensées. » Non pas que quiconque suspectât Mr Brown d'avoir menti : le problème était surtout d'avoir à tenir sa langue à propos d'un sujet dont il eût fallu pouvoir discuter librement, et bien sûr, Mr Brown n'avait pas la conscience parfaitement tranquille, car il ne pouvait s'empêcher de penser que s'il n'avait pas prononcé ce mensonge, Mrs Benson eût peut-être cherché Standish et découvert son absence. Néanmoins, c'était se perdre en conjectures, et Mr Brown n'alla pas tout à fait jusqu'à se reprocher d'être un meurtrier sans pitié. Il y avait un autre dilemme encore plus épineux : ils n'avaient aucune façon de savoir si Standish était mort ou vivant. La seule chose dont ils pouvaient être sûrs, c'était qu'il avait tenté de se suicider. S'il était toujours vivant, malgré sa tentative de suicide, ils pouvaient prier pour qu'il fût secouru et sauvé. Mais s'il était mort, ce qui semblait probable, alors il s'était donné la mort, et cela ne pouvait en aucun cas être moralement acceptable. Un pécheur qui pouvait encore être sauvé restait tolérable, mais un pécheur à jamais perdu, car mort de sa propre main pécheresse, était à peu près la pire ivraie qu'il pût imaginer. Mr Brown savait que les autres s'attendaient à l'entendre dire une prière. En fait, après tout le temps qu'il avait passé en Chine, chez les païens, il savait même qu'ils redoutaient ce moment. Mais cette question déroutante le laissait si grandement perplexe qu'il en avait perdu sa langue.

Voilà en quelle compagnie se retrouva Nat Adams. Il s'installa confortablement, le dos bien au creux d'un grand fauteuil. Les autres le saluèrent sobrement d'un simple hochement de tête, les yeux respectueusement baissés, et prolongèrent le silence qui avait précédé son arrivée. Mais Nat ne se laisserait pas impressionner par le silence : sa découverte lui pesait trop.

– Ah, pauvre homme, dit-il. Je n'aurais jamais cru de lui qu'il s'en irait comme ça.

Mrs Benson remua dans son fauteuil. Ils avaient tous déjà fait plusieurs fois le tour du sujet.

– J'en suis malade rien que d'y penser, Mr Adams.

Nat regarda Mr Travis et Mr et Mrs Brown d'un air solennel et insistant.

– Je me demande pourquoi il a fait ça, dit Nat.

Mr Brown répondit sèchement :

– Il souffrait apparemment d'une peine secrète et si puissante que son âme ne pouvait l'affronter.

Mr Brown n'aimait pas le tour que prenait cette conversation. Les autres le voyaient au visage soudain fermé de son épouse.

Mais Nat persista. Il croisa les jambes, se pencha vers l'avant, et dit l'air songeur :

– C'est étrange, Mrs Benson, mais je viens de réaliser que Mr Standish n'arrêtait pas d'y penser, alors que nous le croyions heureux. Il y a tout juste une semaine il m'a dit : « Adams, qu'il m'a dit, dommage qu'il ne puisse pas durer toute la vie, ce sentiment de bonheur qu'il n'est pas nécessaire de s'expliquer. »

Mrs Benson avait les larmes aux yeux.

– Il y avait une tristesse en lui, une tristesse si douce. Mais je n'ai jamais pensé que cela puisse être grave.

– Les hommes sont parfois mystérieux, dit Mr Travis, poussé par le sentiment qu'il fallait dire quelque chose.

Nat porta une main à son menton.

– Je me demande ce qu'il voulait dire par là. Je me demande... était-il marié ?

– Oui, répondit Mrs Benson. Bien sûr que oui. Il ne vous a jamais parlé des deux enfants qu'il avait à New York ?

Nat leva la main.

– Ce n'est pas ce que je veux dire. Il m'avait parlé des enfants, oui. Mais je me demande... est-ce qu'il était encore marié ? Je me dis qu'il avait l'air d'un homme qui aurait pu avoir des problèmes avec Madame.

Le regard de Mrs Benson s'illumina soudain.

– Mais oui, Mr Adams, oui ! C'est évident. Comment ai-je pu être aussi aveugle ! Il y a quelques jours, dimanche dernier, après le dîner, je lui parlais de Mr Benson, je lui disais à quel point nous nous entendons bien, comme vous le savez, et savez-vous ce qu'il m'a dit ? Il m'a regardé d'un air étrange et malheureux, et il m'a dit : « Oui, Mrs Benson, tout est plus simple quand on fait bon ménage, n'est-ce pas ? »

Ses mots furent suivis d'un silence et elle se hâta d'expliquer :

– Tout était dans le ton ! Il y avait quelque chose au fond de sa voix. Il m'enviait, mais sans m'en vouloir.

– Il lui écrivait tout le temps, dit Mr Travis. Je viens juste d'aider le capitaine à ranger sa malle et ses affaires. Il y avait une lettre à son attention sur le bureau. Elle était cachetée, ajouta-t-il bien vite. Elle habite sur l'avenue de Central Park West. C'est un bien beau quartier. Avec des femmes entretenues et tout le toutim à ce qu'on dit, conclut-il maladroitement, avant de voir Mrs Brown le foudroyer du regard.

Nat hocha tristement la tête :

– Je me demande comment elle va prendre la nouvelle.

– Faire ça pour une femme, alors qu'aucune n'en vaut la peine...

Regrettant presque immédiatement sa phrase, Mr Travis ajouta :

– Excepté celles ici présentes.

Mais personne ne rit.

Mrs Benson se lança dans une tirade sans même s'en rendre compte :

– Vous avez parfaitement raison. Aucune femme ne vaut la peine qu'on meure pour elle. Mais ce n'est pas moi qui vais défendre mon sexe : il y a de bonnes et de mauvaises femmes. Elle a vraiment dû lui en faire voir de toutes les couleurs pour le pousser au suicide. Je parie que je peux vous dire exactement quel genre de femme est Mrs Standish : une femme froide comme la glace, sans cœur. Probablement qu'elle flirtait avec le premier Tom, Dick ou Harry venu, et qu'elle a fini par s'enfuir avec un autre homme.

– Mais tout de même, l'interrompit Nat avec emportement, y a-t-il dans cette pièce un seul homme qui sauterait d'un bateau pour une femme ?

– Il y avait des enfants dans l'histoire, dit Mrs Benson. Et Mr Standish était du genre calme et casanier, c'était évident. Il avait l'air tellement perdu si loin de chez lui. Il a dû croire que sa vie était brisée quand sa femme l'a quitté pour ce gigolo. Il faisait sûrement ce voyage pour essayer de tout oublier, mais j'imagine qu'il ne pouvait pas oublier.

Les yeux de Nat étaient emplis de tristesse :

– Il avait le visage creusé, comme quelqu'un qui ne mange pas à sa faim.

– Il était tellement malheureux, dit Mrs Benson. Il se rongeait les sangs. Pauvre Mr Standish !

La nuit tombait désormais très vite, les projecteurs balaieraient bientôt les eaux. L'*Arabella* soupirait dans le bleu céruléen, comme si sa carcasse répugnait à rebrousser chemin maintenant qu'elle avait si bien avancé. Le capitaine Bell faisait les cent pas sur le tapis vert de sa cabine, marmonnant son indignation dans son coin. Dans le gaillard d'avant les hommes restaient silencieusement allongés, une colère sombre et sourde au fond des yeux, comme s'ils reprochaient au disparu de gâcher la tranquillité de leur voyage. L'opérateur radio avait déjà envoyé un bref message au bureau panaméen de la compagnie pour les informer de la catastrophe, mais le capitaine Bell avait trouvé sage de ne rien dire à Mrs Standish avant qu'il ne fût certain qu'on ne retrouverait pas son mari. Il en était déjà certain, mais il voulait en être absolument certain : il aurait l'air malin si par malheur ils repêchaient l'homme une fois le message envoyé.

Le troisième officier mécanicien, un jeune homme insouciant, traversa le carré comme une fleur et dit au steward :

– Un scotch à l'eau pétillante.

Puis, s'adressant à Mr Travis :

– Bugsy vient de faire un grand chelem !

– Ah bon !

Mr Travis se leva et, les yeux étincelants de surprise, quitta l'assemblée sans cérémonie, et sans leur expliquer qui était Bugsy.

Le vieux Nat resta assis l'air absorbé, essayant de réfléchir à Standish, mais de drôles de petits souvenirs s'invitaient dans son esprit malgré lui : des choses qu'il avait dites à sa femme avant qu'elle ne mourût bien des années plus tôt, et la fois où il était tombé d'un chariot de foin, dans son adolescence. Mrs Benson soupirait délicatement, agréablement, et Mr et Mrs Brown étaient perdus dans un monde d'abstractions religieuses.

– En tout cas, dit soudain Mrs Benson, il aura au moins eu la chance de mourir d'une mort rapide.

Mr et Mrs Brown se mirent à prier tout bas simultanément, mais personne ne sut jamais s'ils avaient prié pour Mrs Benson ou pour Mr Standish. Le troisième officier mécanicien mit un disque sur le phonographe et l'on entendit bientôt un trio de filles chanter un petit air innocent, une histoire d'amour impossible.

Mr et Mrs Brown se levèrent brusquement et simultanément.

– Allons prendre l'air sur le pont et regarder les étoiles, dit Mr Brown à Mrs Brown.

– Oui, répondit Mrs Brown, faisons cela.

9

« J'étais allongé sur l'eau, j'avais mal au dos et j'avais la langue collée à mon palais. »

Standish pensait au jour où il atteindrait le Panama à bord de l'*Arabella*, quand les journalistes s'attrouperaient autour de lui pour lui demander ce que cela faisait de rester en pleine mer si longtemps. Ils seraient si nombreux qu'il leur proposerait d'aller dans le carré.

– Allons dans le carré, nous serons plus à l'aise, marmonna Standish.

– *Allons-y.*

Ensuite, Standish essaya de retrouver le nom de cette jeune femme du monde qui avait dévalé tout un escalier le soir de sa première. Il l'avait sur le bout de la langue sans pour autant parvenir à s'en rappeler (Adelaide Van Devander, c'était et c'est encore son nom). Il se concentrait sur cette question et sur n'importe quoi d'autre, parce qu'il réalisait que le soleil se couchait. Et ça c'était vraiment drôle, parce que quand le soleil était tout en haut du ciel on eût juré qu'il lui fallait des heures pour bouger d'un centimètre, mais une fois qu'il approchait de l'horizon, il plongeait à une vitesse effrayante vers la ligne fatale.

L'obscurité viendrait quand le soleil aurait franchi cette ligne. Chaque respiration qu'il prenait était une tâche insurmontable, et tous ses muscles atteignaient les limites de l'endurance humaine. Standish prit soudain conscience d'une chose tragique : les gens ne pensent pas vraiment à la mort jusqu'à ce qu'elle leur pende au nez. À plusieurs reprises au cours des dernières heures, il s'était pour ainsi dire rasséréné et il avait révérencieusement médité sur l'au-delà. Sans grand résultat, car son esprit lui avait systématiquement joué d'horribles tours, tordant le fil de sa pensée jusqu'à ce qu'il contemplât de nouveau la possibilité d'être secouru. Mais il sentait qu'un changement survenait enfin dans sa tête. Standish décréta que ce changement découlait de l'inévitable accident qui s'était produit dix minutes plus tôt. Faire la planche était devenu un réflexe : il inspirait et expirait machinalement, parvenant toujours à garder son nez tout juste au-dessus de l'eau. Mais dix minutes plus tôt, la fatigue avait causé un dérapage. Il avait laissé son nez plonger sous l'eau puis commencé à prendre une respiration sans même y penser. Il avait inspiré beaucoup de liquide et passé quelques secondes cauchemardesques à tousser et à cracher sa terreur dans la mer. Épuisé, il s'était rallongé sur l'eau, mais cela avait induit le subtil changement qui lui permettait, constatait-il, de se concentrer un peu mieux sur la mort.

Les yeux à demi aveuglés, Standish regarda le soleil se coucher. Le soleil semblait dire : « Ce soir je vais vous en mettre plein la vue. » Le soleil semblait bomber le torse et se targuer de sa splendeur, déclamant : « Regardez-moi ce pourpre dont je zèbre le ciel. Cette veine d'un rose délicat, elle fait plus de mille kilomètres de long. Et voici une nuance de couleur pour laquelle l'homme n'a aucun mot, si ce n'est "joli". »

Standish réalisa que la houle grossissait légèrement. Il sentit un horrible frisson parcourir son corps gourd et bleu. Bon. Olivia s'en tirerait avec l'argent de l'assurance et ses parts chez Pym, Bingley & Standish – à moins qu'ils n'en reviennent à Pym & Bingley après un deuil d'une durée convenable. Il se dit que c'était fort probable, mais il réalisa qu'il n'y pouvait rien. Les enfants étaient un peu jeunes pour perdre leur père, mais Standish se dit qu'Olivia se remarierait un jour. Elle était belle et très bien conservée, et il ne lui en voulait pas, parce qu'il l'avait eue en premier. Par contre, il y aurait la contrariété de devoir quitter l'appartement de Central Park West en raison de son décès, une coutume qu'il avait toujours trouvée absurde. Pire que tout, il y aurait la semaine ou peut-être le mois de malheur pour Olivia, quand elle aurait appris sa disparition. Standish était ulcéré à l'idée qu'Olivia fût malheureuse à cause d'une tache de graisse.

Mais il se dit soudainement que cette mort présentait à tout le moins l'avantage d'être propre : ablution complète, et aucun risque d'atterrir entre les mains moites d'un croque-mort. C'était une mort éprouvante, mais au moins, il ne s'éterniserait pas inutilement sous la tente à oxygène d'une chambre d'hôpital hors de prix. C'était une mort vraiment très digne, bien que cruelle envers les proches du défunt, puisque les circonstances ne leur permettaient pas de pleurer au moment opportun : ils seraient obligés de pleurer par à-coups, sans vraiment savoir si leurs pleurs soulageaient leur âme ou non. C'était une mort solitaire, mais cela ne faisait aucune différence, car toutes les morts, même les quelques secondes d'une chute du haut d'un toit, étaient singulièrement et parfaitement solitaires : au seuil de la mort un homme ne pensait plus qu'à lui seul. C'était une mort noble, en outre, en raison de son extrême solitude. Depuis la nuit des temps, peu d'hommes étaient morts de cette façon précise : absolument seuls.

À flot sur un navire en pleine mer, le navire devenait le centre de l'univers ; à flot sur votre propre corps en pleine mer, vous deveniez vous-même le nœud où s'enchevêtrent tous les fils de l'ici-bas.

Pour la première fois, il fut capable de réfléchir clairement à la malencontreuse façon dont il était tombé de l'*Arabella*. Des heures durant, allongé dans l'eau, il s'était fustigé, persuadé d'avoir fait preuve d'une idiotie crasse. Il avait cru qu'il ne pourrait jamais se pardonner de ne pas avoir su attirer l'attention de ses compagnons de voyage tout de suite après être passé par-dessus bord. Mais il comprenait désormais à quel point la nature se montrait inflexible envers toute vie. Un peu plus de coffre, se disait-il, et à cette heure il eût été bien au sec à bord de l'*Arabella*, probablement en train de digérer son dîner tout en discutant avec Nat Adams. Mais la nature avait ses voies : elle vous attribuait certaines caractéristiques avec lesquelles livrer bataille en ce monde, et il fallait faire avec au grand jeu du nage ou crève. Certains avaient du muscle, d'autres en avaient dans le crâne ; certains avaient la vitesse, d'autres, le courage. Les ploucs et les chanteurs d'opéra avaient de bonnes grosses voix, mais ils n'étaient d'aucune utilité dans une maison de courtage. En résumé, quel que fût son lot, il fallait s'en contenter. Il n'y avait pas de retour à l'expéditeur ni de nouvelle livraison possible. Et Standish savait maintenant ce qu'il avait à sa disposition. Une vague culture, avec les inextirpables maniérismes de la distinction et un esprit capable d'apprécier ce que la vie a de plus délicat, de plus « raffiné ». Ainsi qu'un code inflexible : sois gentil avec les enfants, salue les dames d'une révérence mesurée, marche du bon côté de la route, et tout ce genre d'inepties. Rien de très utile, non, vraiment rien d'utile pour nager en mer, réalisa Standish. Excepté cette partie du code qui le dotait de ce qu'on appelait une volonté de fer.

Quand il regardait les choses sous cet angle il se sentait bien mieux, malgré la douleur et la torture de la soif. Le soleil était désormais une boule de feu orange qui s'empressait de rejoindre une amante quelque part en dessous de l'horizon. Standish fut pris de panique quand il regarda le soleil. On finissait par pouvoir regarder le soleil plusieurs secondes d'affilée sans avoir à baisser les yeux. Standish réalisait que ses yeux, désormais presque entièrement aveugles, ne voyaient plus que le soleil se coucher sur la mer implacable.

– Treize heures de dérive, murmura Standish. Ils ont sûrement remarqué mon absence à présent, n'est-ce pas ? C'est probable, non ? Ils ont dû faire demi-tour pour me chercher il y a au moins cinq heures. Le bateau est équipé de projecteurs. Ils peuvent me trouver de nuit. Il faut que je les aide à me trouver !

Imperceptiblement, le jour déclinait, et bien qu'il fût presque aveugle Standish sentait que le ciel et l'océan changeaient subtilement de couleur. Mrs Benson allait retrouver Mr Benson au Panama, Nat Adams allait faire une belle promenade en Amérique centrale. Standish eut le sentiment qu'il devait absolument rejoindre Olivia ne serait-ce que pour la voir et lui parler un instant. Soudain, il sentit son cœur s'emballer, puis le saisir d'une terrible douleur dans la poitrine. Cela ne lui était jamais arrivé : c'était un bon cœur, un cœur fidèle qui s'était toujours fait discret, travaillant sagement et diligemment dans les coulisses de sa vie. Et maintenant le jour s'achevait, la nuit tombait, et son cœur se plaignait d'un insoutenable fardeau.

Standish sourit malicieusement. Il les ridiculiserait tous, les responsables de cette histoire, tous autant qu'ils étaient. Il nagerait à la rencontre de l'*Arabella*. Il nagerait à sa rencontre quand bien même il dût nager toute la nuit, sous l'effrayante canopée des étoiles. Il deviendrait le surhomme de son temps, des hordes de journalistes l'assailliraient au Panama, à New York et où qu'il fût. « L'Homme qui nagea toute une nuit dans une mer déserte », diraient les gros titres. On lui décernerait des médailles pour sa bravoure, son endurance, son courage, et son espoir à toute épreuve. De célèbres athlètes l'inviteraient à dîner. Il serait triomphalement reçu aux quatre coins du pays. Pym et Bingley seraient l'un comme l'autre éclipsés par ce sublime exploit, et ils seraient forcés d'admettre de bonne grâce leur infériorité. Plus tard, ses enfants seraient fiers de leur père, surtout Junior, parce que c'était un homme, alors il comprendrait.

– Compte ! s'écria Standish, bien que presque aucun son ne sortît de sa gorge en feu. Compte et nage. Compte et nage.

Il se mit à nager dans ce que son esprit délirant avait identifié comme la direction de l'*Arabella*. Arrêter de faire la planche fut un grand soulagement, et son mal de dos s'envola si vite qu'il se demanda pourquoi il n'y avait pas songé plus tôt. *« Un, deux, trois, respire ! Un, deux, trois, respire ! »* Henry Preston Standish progressait avec détermination, nageant un crawl irréprochable dont le maître nageur de son club d'athlétisme new-yorkais se fût réjoui. Il fendait les eaux avec une telle aisance, une telle agilité, qu'il avait parfois l'impression d'être un poisson destiné depuis le berceau à vivre seul en mer. Son corps s'attelait à la tâche avec une coordination dont il s'émerveillait et se réjouissait. Ses orteils faisaient la pointe, ses genoux se tendaient, ses mains se creusaient, son dos se cambrait. Tandis qu'il battait des pieds et moulinait des bras, il expirait lentement par le nez sur trois temps et tournait la tête pour inspirer rapidement par la bouche sur le quatrième. Et son esprit concevait une immense fierté de cette troublante force physique. Avec un cœur de cette trempe et des muscles si puissants, avec des poumons si résistants, il atteindrait l'*Arabella* quand bien même il lui faudrait nager jusqu'au matin ! Quand il tournait la tête pour inspirer tout en progressant, il voyait le soleil descendre devant lui, à l'horizon : un disque, puis un demi-cercle, puis un croissant de teinte orange. Il avait l'impression que s'il parvenait à tendre la main il pourrait le toucher, l'attraper, l'escalader et reposer son corps si incroyablement fatigué sur son grand rebord. La mer était plongée dans l'ombre, et pour Standish il n'existait plus que deux choses, son corps meurtri qui fendait les eaux et la boule orange qui sombrait devant lui.

Il arrêta soudain sa course effrénée, d'un seul coup, comme s'il s'était cogné la tête sur un mur de briques sorti des eaux. Il faisait nuit : le soleil avait disparu, il ne restait plus que sa faible lueur sur la mer et de majestueux nuages partout dans le ciel, resplendissant parmi les teintes irisées. Et quand Standish s'arrêta, son corps épuisé s'affalant dans l'eau, l'évidence le jeta dans un abominable désarroi : il nageait dans la mauvaise direction. Il avait nagé de toutes ses dernières forces dans une direction qui l'éloignait de l'*Arabella* au lieu de l'en rapprocher. Il avait nagé en direction du soleil, et le soleil se couchait à l'ouest, le soleil se couchait toujours à l'ouest. Alors que l'*Arabella* naviguait vers l'est, dans la direction du levant, comme quand il était passé par-dessus bord, vers l'est donc du côté du soleil qui se lèverait le lendemain. « Pourquoi ai-je fait cela ? » s'écria Standish, bien qu'aucun mot ne sortît de sa gorge en feu. Il savait pourquoi : le soleil était tout ce qu'il lui restait d'espoir. Il avait oublié que le monde avait continué de tourner pendant les treize heures qu'il avait passées dans l'eau. Maintenant, même si l'*Arabella* avait fait demi-tour pour le chercher, il lui avait compliqué la tâche. Et il n'avait pas la force de rebrousser chemin. Et c'était le soir et il ferait bientôt nuit. Il faisait déjà nuit : les premières étoiles étaient là, les étoiles du soir, et une ombre bleue rampait sur ce triste monde. De ses yeux brûlants et presque entièrement aveugles Standish regarda les étoiles apparaître et écrire leur nom sur son cœur endolori. Il avait les lèvres aussi pourpres que le ciel noircissant, ce ciel majestueux, mirifique, et désert. Et il savait désormais qu'il n'y avait rien de plus horrible que d'être le dernier homme d'un monde plat, seul au centre d'un cercle fou. Tout était bien trop désert ici pour un homme civilisé. Standish commençait à mourir. Il se sentait mourir, et il se dit qu'il s'en réjouissait. De ses yeux aveugles il sonda frénétiquement les eaux sombres, cherchant quelque bout d'épave dont il pût s'emparer. Mais ce n'était qu'une ultime rébellion du Standish qui voulait vivre. Le Standish mourant avait autre chose à faire. Il fit heureusement cette chose folle qu'il rêvait de faire depuis des heures. Il s'immergea en ouvrant la bouche et s'empressa d'avaler pour de bon cette eau amère et salée. Il but à longs traits, remarquant à peine l'amertume, jusqu'à ce qu'il fût certain d'avoir ingéré autant d'eau qu'il pouvait en contenir : de l'eau à l'intérieur, de l'eau à l'extérieur, et entre les deux, un simple tas d'os, de sang et de chair.

Standish s'en voulut tout de suite effroyablement, pathétiquement. Le soulagement n'avait été qu'éphémère : il ne tarda pas à tousser et à convulser dans une extrême détresse. Il s'entendit soudain coasser d'une voix inhumainement rauque : « Au secours ! Au secours ! » C'est alors qu'il eut sa première crampe. Il se plia en deux à la vitesse d'un chapeau claque, dans un irrépressible élan qui stupéfia le dernier petit recoin de son esprit encore capable d'observer avec une certaine objectivité ce qu'il se passait. Il se plia en deux, et constata qu'à sa grande surprise, il ne pouvait pas se redresser. Il était désormais sous l'eau, se débattant, donnant des coups de pied, s'efforçant de tendre les mains vers le ciel pour s'y cramponner tout en retenant douloureusement sa respiration. L'évidence qu'il ne se redresserait plus jamais, qu'il mourrait recroquevillé, s'imposa avec force. Elle le frappa comme si un boxeur lui avait collé une droite en plein dans la mâchoire. Avant même de savoir ce qu'il faisait il avait inspiré cette infâme eau salée. Elle lui brûla tout l'intérieur de la gorge quand il rassembla les dernières forces de son corps épuisé pour tenter de l'expulser. Mais quand il comprit qu'il était piégé, incapable de revenir à la surface et condamné à l'asphyxie, Standish arrêta soudain de lutter. Un triste sentiment d'inanité envahit son esprit comme si une main de fer refusant à jamais de lâcher son emprise l'eût saisi à la gorge. Son visage se figea dans l'expression du parfait désespoir quand il vit et comprit en un éclair toute l'ironie de son malheur.

C'étaient les divinités du destin. Pas une seule divinité, car il eût très bien pu se battre contre une divinité isolée, mais plusieurs. Elles avaient survolé le monde comme des rapaces et leurs yeux perçants s'étaient finalement posés sur lui, lui seul parmi les millions d'êtres humains qui fourmillaient sur terre. Depuis ce moment il n'était plus qu'une insignifiante souris que les divinités du destin avaient promenée du bout de leurs grosses pattes de chat pour le plaisir d'un petit interlude égoïste, lui faisant traverser tout un continent, l'envoyant à San Francisco via le canal du Panama, le poussant jusqu'en Alaska puis le ramenant au sud, le forçant à appeler Olivia sur la ligne à longue distance, l'expédiant par bateau à Honolulu, et l'envoyant prendre son dîner exactement au moment où cet étrange inconnu, cet homme dont il ne parvenait pas à se remémorer le visage alors qu'il se souvenait de tout le reste avec une précision frappante, écoutait le réceptionniste lui parler de l'*Arabella*. Comme elles avaient dû trouver ça drôle, ces chattes fourbes qu'étaient les divinités du destin, et comme elles devaient trouver ça tordant, maintenant, de le voir en pleine agonie ! Comme elles devaient attendre, penchées sur lui pour l'observer et commenter à voix basse : « Regardez ! Voyez comme il grimace et comme il écarquille les yeux, on dirait qu'ils vont lui sortir de la tête. Restez encore un peu, ce serait dommage de rater ça. Ah ! Il essaie de revenir à la surface, faisons donc empirer ses crampes. » Comme elles devaient être fières de leur grandiose plaisanterie : le forcer à embarquer sur l'*Arabella*, faire de lui un homme qui aime se lever tôt pour voir le soleil se lever, puis attendre le treizième jour pour mettre une tache de graisse sous son pied et le flanquer par-dessus bord ni vu ni connu. Un pantin, voilà ce qu'il était, un pantin qui pendouillait grotesquement sur une scène, celle de l'océan Pacifique, au bout de fils qui montaient jusqu'au séjour des dieux, dans l'unique but de leur fournir un amusement morbide.

Standish sentait qu'il étouffait. De façon tragique, il savait qu'il était en train de mourir d'asphyxie, mais quelque part il n'allait pas s'évertuer, il ne tenait plus à lutter. La bataille était perdue, alors à quoi bon ? Mais elles allaient voir ce qu'elles allaient voir. Il allait retrouver son calme et mourir dignement : elles n'auraient plus la moindre occasion de rire de lui. Il dénouerait les traits de son visage et il mourrait si bravement qu'un silence s'abattrait sur le monde entier. Et dans ce silence les divinités du destin resteraient abjectement debout, sentant la brûlure de la honte marquer leur dos. Leur sourire hautain disparaîtrait de leur visage et le remords les tarauderait jusqu'à l'os, et jamais elles ne pourraient s'en défaire. En fait, se dit Standish, tout était maintenant terriblement silencieux, de toute sa vie il n'avait jamais rien entendu de si parfaitement, de si mortellement silencieux. Une douleur soudaine, incroyablement aiguë et intense, foudroya son corps, comme si un démon lui eût planté un couteau dans le cou et sauvagement tranché la gorge d'une oreille à l'autre. Cette fois, pensa Standish avec un étrange détachement, c'était probablement son cœur qui lâchait.

10

Pas encore mort, pensa Standish. Mais pas vivant non plus. Avant de s'en aller et de laisser sa dépouille inerte dériver toute seule, le mieux serait de penser à la vie telle qu'il l'avait vraiment vécue : pas aux faits ordinaires (recevoir une fessée de son père, rentrer un jour chez lui avec le nez qui saigne, la fille dans cet hôtel français, avoir le quasi-monopole du marché du poivron vert) mais aux choses extraordinaires qui s'étaient produites pendant les trente-cinq années de sa trop brève existence. Or à chaque pensée une douleur serrait son cœur défaillant, la douleur du regret qu'à la différence des autres hommes, il ne vivrait plus chaque jour de nouvelles expériences extraordinaires.

Il était parfaitement extraordinaire que son cœur eût continué de battre pendant trente-cinq années sans s'arrêter une seule fois pour se plaindre de cette tâche ingrate et sans fin. Jamais il n'avait mesuré l'importance de cet organe ; pendant toutes ces années, à aucun moment il n'avait pris garde que son cœur, s'il l'avait voulu, aurait pu le tuer en décidant simplement d'arrêter de battre une trentaine de minutes.

Et il était extraordinaire, en outre, que de toute sa vie il n'eût encore jamais connu la faim ni la soif. Petit, il avait interprété la soif en termes de limonades à la crème glacée, et dans sa vie d'adulte, s'il faisait remarquer qu'il avait soif, il voulait dire qu'il aimerait une bière ou un scotch à l'eau pétillante. Mais le vrai sens de la faim et de la soif, avoir faim de pain et soif d'eau, n'avait jamais été pour lui qu'une abstraction. Bizarre qu'il découvrît tant de choses de la vie alors qu'il ne savait trop s'il était vivant ou mort. Et même chose avec les cigarettes, la nicotine : en dix-sept années de tabagisme, son envie de fumer n'avait jamais été contrariée. Il était tout à fait extraordinaire, maintenant qu'il y pensait, que de toute sa vie il eût toujours obtenu ce qu'il voulait, qu'il n'eût jamais manqué de grand-chose. Affaires de sport, bicyclettes et patins dans son enfance ; beaux vêtements, voyages à l'étranger et sa propre voiture à l'adolescence ; de l'argent à dépenser quand il était étudiant, des clubs bien choisis ;

et pour finir un bon travail, une bonne épouse et des enfants.

Il avait obtenu toutes ces choses, mais la seule chose qu'il appelait désormais de tous ses vœux lui était refusée. « J'ai toujours eu tout ce que je voulais sans jamais vraiment le demander, songea Standish, pris d'une étrange sensation de froid et d'engourdissement, et maintenant je veux mourir, mais cette fois-ci, je ne serai pas exaucé. Je sais que je ne serai pas exaucé. J'aurai beau supplier, j'aurai beau tout essayer, il existe un désir qui ne sera jamais satisfait. »

Ce constat l'attrista, et dans sa tête il fit la moue d'un enfant qui boude. Il n'irait plus jamais se promener le dimanche avec les enfants sur les allées de Central Park, croisant d'autres pères de famille, une fleur à la boutonnière. Il lui semblait incroyable que le monde pût continuer de tourner sans qu'Henry Preston Standish fût dessus, et pourtant il soupçonnait fortement le monde d'en avoir précisément l'intention. Cependant le monde serait terriblement dépeuplé une fois qu'il aurait disparu de sa surface. Il y aurait tant de vides impossibles à remplir que Standish se demandait comment le monde allait faire. Qui allait s'asseoir dans le fauteuil de sa bibliothèque pour lire des magazines presque chaque soir ? Et ce n'était qu'un premier problème. Il fallait que quelqu'un s'y assoie, ce fauteuil n'allait sûrement pas rester à jamais sans occupant, car les fauteuils étaient faits pour être occupés. Olivia n'aurait pas la force de s'y asseoir, cela lui rappellerait trop de souvenirs. Et elle ne laisserait sûrement pas un autre homme s'y asseoir, ce serait un affront qui ne lui ressemblait pas. Il y aurait des trous de tous les côtés et Standish n'y était pour rien. Un trou dans la poche du jeune liftier à Noël, un trou dans l'annuaire téléphonique, un trou sur l'en-tête des courriers de l'entreprise. Ses associés feraient même plus de trous que nécessaire : ils paieraient quelqu'un pour faire disparaître son nom du fronton de l'établissement, le gardien l'enlèverait de la boîte aux lettres. Auprès de centaines de grands magasins et de compagnies disposant de listes de diffusion, le mot circulerait bientôt : « N'envoyez plus de prospectus à Henry Preston Standish, il est mort. »

Standish hochait amèrement la tête sans vraiment la hocher. Il y avait tant d'endroits qu'il avait l'habitude de fréquenter, qu'il était naturel pour lui de fréquenter, et à compter d'aujourd'hui ces endroits ne seraient plus que pure vacuité. New York serait constellée d'espaces que seul le véritable Henry Preston Standish pouvait occuper : son casier au club d'athlétisme, le creux de son lit, l'intérieur de son smoking, pour ne donner que quelques exemples. Seul le véritable Standish pouvait occuper ces espaces : ceux qui viendraient prendre sa place seraient accusés d'imposture par sa mère et par son père, par son épouse et par ses enfants.

Olivia, Junior, Helen… comment pourraient-ils se passer de lui ? La question ne pressait pas tant qu'on n'était pas véritablement en train de mourir, mais au seuil de la mort on voyait à quel point elle était grave. Standish avait aimé Olivia et engendré leurs enfants, et ces enfants étaient conscients du rôle qu'il jouait dans leur vie. C'était comme vouloir séparer des frères siamois : l'opération se soldait toujours par une double mort, même si les docteurs avaient généralement bon espoir qu'un des frères survive. Standish admit intérieurement que des époux et des pères étaient déjà morts sans que la vie de leur épouse et de leurs enfants en fût gravement affectée, mais l'instant d'après il décréta qu'il était résolument différent. Olivia et les enfants se donneraient la mort quand ils apprendraient la sienne. C'était mieux ainsi, mieux pour tout le monde qu'ils meurent tous ensemble. Ainsi se sentirait-il un peu moins ignoblement seul quand il serait forcé de descendre les quelques marches qui le séparaient de sa sépulture aquatique.

Standish se dit qu'il se sentait comme le glas d'une cloche. C'était bien la première fois, pensa-t-il, qu'il se faisait une remarque aussi absurde, et pourtant il n'en éprouva aucune honte, car c'était exactement ce qu'il ressentait, il se sentait précisément comme le glas d'une cloche. Il s'imagina que s'il eût été en train de mourir dans un hôpital, entouré de toute sa famille, il n'eût jamais rien conçu de si fantaisiste. Mais il était loin sous la surface de l'océan, dans le noir total, et il ne respirait plus : il était plein d'eau, rempli et entouré d'eau, et il se sentait étrangement en paix, comme si le temps se fût arrêté. Et cette première idée fantaisiste en entraîna beaucoup d'autres qui vinrent peupler son esprit : c'était comme ce léger cauchemar, ni agréable ni désagréable, qu'il avait fait à New York un soir qu'il avait fumé trop de cigarettes avant d'aller se coucher. Tous ses amis, le visage drôlement contorsionné, apparaissaient, s'arrêtaient un instant pour lui tirer la langue, et s'envolaient pour faire place aux suivants qui se bousculaient et défilaient en grimaçant, gonflant les joues et se donnant des allures de monstres en plissant les lèvres et les yeux. Mais il n'était pas dupe : il les reconnaissait tous. « Venez, venez donc, songea Standish, les invitant d'un geste imaginaire de la main. Je sais qui vous êtes, vous ne m'aurez pas si facilement. Arrête de faire l'imbécile, Junior ! Retire-moi ce masque, Helen ! Olivia... pardieu, quelle mouche a bien pu te piquer ? »

Il pensa à sa mère, à son père, à ses sœurs et au fait qu'il ne leur parlerait plus jamais. Il pensa à l'*Arabella*, à l'expression de Nat Adams quand il enlevait son dentier, à la façon dont la poitrine de Mrs Benson flottillait dans son maillot rouge. Rouge : Standish pouvait facilement visualiser cette couleur, et il décida qu'en un sens il aimait Mrs Benson. Si c'était arrangeable il coucherait bien avec elle. Mais il vit les obstacles – Standish oubliait régulièrement qu'il était condamné et c'était fichtrement vexant de devoir s'en rappeler. Il décida qu'il aimerait coucher avec toutes les femmes exceptées, probablement, celle de Pym et celle de Bingley, et peut-être battre tous les records de luxure avant de connaître les derniers soubresauts de l'agonie. Il n'y avait pas de femmes dans les parages, naturellement, mais il y aurait peut-être des sirènes. Des sirènes ! Standish rit sans vraiment rire. Tout le monde savait que les sirènes n'existaient pas, mais il n'en était plus si sûr. Il pourrait bien voir des sirènes, il pourrait bien voir un Père Neptune surgir du fond de l'océan et le dégourdir du bout de son sceptre.

Standish se sentit étouffer. Le monde enténébré fit soudain une immense et grandiose démonstration de pyrotechnie. Des fusées d'un jaune et d'un vert éclatants explosèrent sous les paupières fermées de ses yeux ébaubis, éclaboussant son firmament de lignes, de points et de perles aux couleurs vives. « C'est la fin », songea Standish tandis qu'il contemplait le rouge, l'orange, l'indigo et le pourpre des fusées sifflantes. « Ils m'offrent ce spectacle en guise d'adieu. C'est beau. C'est stupéfiant. C'est aussi la solitude même. » Il faudrait qu'Olivia et les enfants soient là pour voir ça, il leur tiendrait la main quand les fusées exploseraient et tous ensemble ils riraient fortement, follement. « Olivia et l'étoile du berger, murmura Standish. Deux enfants contre un soleil tiédissant. » Et il se demanda ce qu'il racontait, ce que voulaient dire ces mots brouillés qui tournoyaient dans sa tête. « Seul... seul ! Personne à qui dire au revoir. Tout seul, à me regarder mourir... »

(Dans un secteur calme du comté de Westchester, Bingley avait le sommeil très agité, car il rêvait que de constants krachs boursiers emportaient sa fortune dans une vague de billets froissés. Mais quel était cet homme qui, le visage dissimulé sous le masque de la mort, faisait grossir la vague ? À Waikiki le réceptionniste de l'hôtel arrêta de griffonner son bloc-notes et regarda longuement l'océan déferler sur l'étroite plage. Ces idiots de surfeurs espéraient dompter les eaux tels des conquérants de la Rome antique, mais la plupart se vautraient lamentablement. De la folie, se disait-il, de la pure folie : quelqu'un finirait par se blesser. Et comment allait-il, cet homme qu'il avait envoyé sur l'*Arabella* ? Cet homme dont il avait oublié le nom, de toute façon, alors pourquoi penser à lui ? À New York Olivia se réveilla en sursaut : il était une heure trente quand elle se redressa d'un coup, essayant de se rappeler son rêve, une histoire de cavité sans fond complètement noire. Mais elle entendit simplement la petite Helen sangloter dans la chambre à côté et se leva pour la consoler. Junior était silencieux, allongé dans son lit, les yeux grands ouverts dans le noir. « Mère, dit-il, faites taire les pleurs d'Helen. » Et il y avait une nouvelle inflexion d'autorité dans la voix de l'enfant. À bord de l'*Arabella*, Mr Prisk, debout sur le pont, vit un météore balafrer le ciel et songea que la lumière des projecteurs que Gaskin et un autre marin faisaient lentement basculer était vraiment faible. Le capitaine Bell, dans sa cabine, sentit sa colère s'apaiser d'un seul coup. Inexplicablement, il eut honte de lui. Il regarda sa goélette à quatre mâts, mais il n'y vit aucune beauté. Mr Prisk était un bon second, à l'avenir il serait moins rude avec lui, même si, bon sang, il fallait toujours remettre ces bonshommes à leur place. Le petit Jimmy Benson n'arrêtait pas de se retourner dans son lit et quand il ouvrit curieusement les yeux dans la pénombre, il vit que sa mère n'était pas là : elle faisait les cent pas seule sur le pont, regardant les étoiles et mourant d'envie qu'on lui fît l'amour. Encore six jours jusqu'au Panama : elle pourrait tenir. Le vieux Nat Adams remarqua soudain que le bruit de ses pas sur la dunette était un bruit lugubre, presque étranglé. « Il faut que je me trouve des semelles en caoutchouc, comme Mr Standish », se dit-il.)

Standish pensa qu'aucune douleur ne pourrait jamais égaler la douleur qui l'envahit quand son cœur céda. Du fond du pourpre noircissant les mots sortirent follement mélodieux, le ramenant vers les bras de sa mère : « Tu n'étais que chair chaude et poussière de cheveux, un cœur battant nu sous mes yeux et une voix triste comme le murmure de l'eau condamnée à couler pour toujours de caverne en caverne… »

POSTFACE

L'histoire d'*Un gentleman à la mer* aurait pu tenir sur les trois lignes d'un papier bonbon, se résumer à un gag ou à un *strip* joliment croqué dans un magazine populaire, mais son auteur en décida autrement : il en fit une fable tragicomique de la taille d'un petit roman, une fantaisie satirique qu'il gonfla de chapitre en chapitre comme une belle baudruche, avec trois fois rien d'intrigue et beaucoup d'humour, de style et d'audace. Il lui conféra également une profondeur presque aussi abyssale que les eaux du Pacifique où se noie son personnage. Au fil de ces pages, l'accident qui le fait passer par-dessus bord devient à la fois un objet littéraire, un drame existentiel, une question politique et une métaphore de l'injuste destin que l'histoire réserve à certaines œuvres.

Herbert Clyde Lewis ne connut effectivement pas le succès que *Gentleman Overboard* aurait dû lui valoir. Né à Brooklyn en 1909, journaliste et grand reporter de métier, Lewis tenta de s'installer au début des années 1930 en épousant Gita Jacobson, à qui ce livre est dédié, et en travaillant pour divers journaux, mais sa situation demeura instable et précaire, nourrissant un sentiment d'insécurité qui n'est pas sans lien avec la situation dans laquelle il choisit de mettre son personnage. En 1937, année de publication de *Gentleman Overboard*, sa famille (qui comptait alors un enfant) connut quelques années de répit lorsqu'il fut employé à Hollywood comme écrivain sous contrat, mais ses dettes continuèrent de s'accumuler et la vie familiale de se détériorer.

En 1947, soupçonné d'être un membre du Parti communiste américain, il fut mis sur la liste noire des studios d'Hollywood. Deux ans plus tard, le couple se sépara définitivement et Lewis, en faillite à tous points de vue, prit une chambre au célèbre mais sinistre Hotel Earle, à Greenwich Village. C'est dans cette chambre qu'il fut retrouvé mort d'une crise cardiaque le 17 octobre 1950, à l'âge de quarante et un an. Comme Standish, il avait perdu son public et quitté ce monde dans l'anonymat et la solitude. *Gentleman Overboard* n'était pas passé complètement inaperçu, mais était depuis longtemps épuisé, puis oublié. Il fallut sept décennies pour qu'il soit repêché, d'abord par le blogueur américain Brad Brigelow, ensuite par le biais de la traduction (en espagnol, en hébreu et en néerlandais), et enfin par sa réédition chez la maison d'édition britannique Boiler House Press, dont la collection « Recovered Books » redonne vie à des livres injustement oubliés.

Si l'on considère aujourd'hui ce récit comme une perle ou un tour de force digne d'un regain d'intérêt, c'est que son déploiement narratif relève un véritable défi, celui d'une intrigue si minimale que son auteur, malgré sa formation de journaliste et son goût pour les histoires d'aventures pleines de rebondissements (il en avait alors écrit quelques-unes dans cet esprit), fut bien forcé d'explorer d'autres dimensions textuelles, d'agencer des rouages qui ne reposent pas sur les ressorts habituels du suspense et de l'action. Le texte souligne d'ailleurs ce minimalisme diégétique (« Cela faisait maintenant dix heures que Standish était dans l'eau, mais il ne s'était rien passé de spécial ») avec lequel contrastent le foisonnement descriptif, le jeu de la conversation et le ballet des pensées.

La principale péripétie, annoncée dès la première phrase, survient très vite : Henry Preston Standish, grand homme d'affaires et père de bonne famille, contemple le lever du soleil à bord de l'*Arabella* quand une simple tache de graisse fait basculer son destin en le faisant passer par-dessus bord en plein milieu d'une route rarement tempétueuse, mais peu empruntée. Dès lors, les éléments susceptibles de dynamiser l'intrigue sont très limités : pas de grandes vagues à mettre en scène, aucun risque de tomber sur un requin, nul rivage en vue, pas l'ombre d'un radeau à proximité. « Dieu refusait de lui envoyer la moindre allumette », s'indigne Standish, et cette pénurie organisée de bois flottant est aussi un jeu d'écriture dont l'auteur, instance divine s'il en est, fixe lui-même les règles, s'obligeant à faire feu d'autres bûchettes.

Il se tire de sa propre impasse narrative avec art et espièglerie. À partir de cette chute primordiale, Herbert Clyde Lewis parvient à étoffer son ouvrage en mêlant deux procédés littéraires dont la combinaison est particulièrement efficace : le discours indirect libre permettant d'amener le monologue intérieur du naufragé, et une structure très cinématographique, sur le principe des plans alternés, qui permet de jouer sur le contraste entre les espoirs de Standish et la réalité de la vie qui suit son cours à bord de l'*Arabella*. L'ensemble est parfaitement orchestré. Saynètes et flux de conscience alternent de façon dynamique et toujours plus surprenante, si bien que l'auteur parvient à nous tenir en haleine malgré l'amenuisement continu du suspense, qu'il sape volontairement, éliminant peu à peu toutes les chances de survie de son personnage. Il procède de même avec les facilités narratives, qu'il écarte avec humour, comme lorsque Standish, fermant les yeux, ne voit pas sa vie défiler. Mieux encore, le cliché du flash-back est supplanté par un récit ironiquement tourné vers le futur, l'image de Standish persuadé qu'il vivra pour raconter son histoire étant d'autant plus narquoise que Lewis est justement en train de la raconter à sa place, et à son détriment.

La longueur de cet opuscule, quelque part entre la nouvelle et le roman, fit débat dès les premières recensions qui suivirent sa publication, en 1937. Sa longueur est en tout cas celle de l'expérience littéraire que Lewis mena dans l'océan de papier qui lui servit de laboratoire. Dans le *New York Times*, toujours en 1937, Charles Poore lui reprocha d'avoir procédé de façon trop « méthodique » et d'avoir « fait subir [à son personnage] une expérience scientifique au lieu de lui faire vivre une véritable expérience », mais c'est peut-être justement ce côté expérimental qui plaît aujourd'hui, l'étrange avancée d'une histoire dont le personnage principal ne fait pourtant que du sur-place : le plaisir que l'on trouve à lire ce livre est en partie celui de suivre l'élaboration méthodique d'un procédé dont le côté artificiel est évident, revendiqué dans les passages métatextuels, jusqu'au bouquet final où l'artifice devient littéralement pyrotechnie.

Comme le montre le texte, le naufragé n'est jamais qu'une marionnette entre les mains d'un créateur soulignant cette dimension théâtrale, celle de la vie comme grande comédie humaine. C'est finalement le principal spectacle qui se joue sur la trame de l'aventure anti-spectaculaire que vit Standish, et qui s'achève sur une grande mascarade, point d'orgue carnavalesque et grotesque venant couronner ce petit chef-d'œuvre. Ainsi l'aiguillon de la satire vient-il constamment titiller cette baudruche fantaisiste, aussi gonflée que les poumons de Standish, jusqu'à la faire grandiosement éclater.

Un double trait d'ironie se loge dans le nom même du personnage, Standish, où l'on peut voir non seulement l'idée d'un chancellement (le suffixe *-ish*, qui s'accole normalement aux adjectifs pour signaler l'approximation, venant ici compléter le verbe *stand*, se tenir debout), mais aussi une allusion à l'un des Pères pèlerins du *Mayflower*, Miles Standish, un homme d'armes dont Longfellow narre le voyage dans ce qui était à l'époque de Lewis un grand classique des manuels scolaires américains, le poème « The Courtship of Miles Standish » (1858). C'est donc toute une élite descendue des premiers colons et toute une littérature héritée du vieux continent qui se noie avec Standish. Mais le monde moderne, celui de la finance et des grands buildings, ne semble pas valoir beaucoup mieux. Il s'en dégage une impression de médiocrité. Caricature du bon citoyen, Standish est d'une respectabilité qui respire l'ennui. Cet anti-héros qui se rêve en aventurier tente de fuir le monde civilisé du travail et de la famille, ou plus généralement des normes, comme le petit Huck Finn, mais il se retrouve le bec dans l'eau, l'homme d'affaires conservateur n'ayant au fond pas grand-chose de l'enfant séditieux qui fit la postérité de Twain. Obsédé par l'idée de se comporter en homme adulte digne de son rang et de son sexe, avec la modération qui incombe à sa qualité de *gentleman*, il est ironiquement condamné à mourir dans un grand débordement de désirs frustrés (avec une allusion claire au plaisir anal), doublé d'une régression à l'état de bambin.

Le reste de la galerie de portraits brossée par Lewis offre une satire des mœurs assez conventionnelle où se mêlent divers stéréotypes. Plus frappante, peut-être, est la façon dont Lewis traite des rapports de hiérarchie et de domination. Si le personnage de Mrs Benson n'est pas sans trahir des biais d'écriture sexistes, Lewis souligne l'importance du travail invisible accompli par les femmes, à commencer par le soin et l'éducation des enfants, dont il rappelle à plusieurs reprises qu'ils leur reviennent entièrement. Par ailleurs, une fois Standish passé par-dessus bord, son absence passe aussi inaperçue que l'existence des êtres humains les plus socialement invisibles. Là encore, si le personnage du cuisinier révèle cette fois-ci des biais racistes, on peut néanmoins lire *Un gentleman à la mer* comme une fable politique où Lewis fait subir à son personnage principal le sort des invisibles, des vies oubliées, négligées, reléguées à la cale, aux machineries des bas-fonds, et condamnées à sombrer, comme aujourd'hui encore de nombreux migrants, de nombreuses migrantes.

La question des inégalités sociales vient donc troubler la mer d'huile sur laquelle navigue l'*Arabella*. Néanmoins, Lewis s'attache également à dépeindre une solitude existentielle propre à la condition humaine, par-delà toute différence de sexe, de race ou de classe. En ce sens *Un gentleman à la mer* rejoint « La Complainte du vieux marin » (1798) de Coleridge (« Seul, seul, absolument seul, / Seul sur une vaste, si vaste mer ! ») et préfigure le poème le plus connu de l'écrivaine anglaise Stevie Smith, « Not Waving but Drowning » (1957) :

« Personne ne l'entendait, l'homme mort,
mais il continuait de râler :
J'étais bien plus loin que vous ne pensiez
Et je ne vous faisais pas signe, je me noyais.

Pauvre homme, c'était un bon vivant
Le voilà mort
Ce devait être trop froid pour lui son cœur a lâché,
Disaient-ils.

Oh, non non non, tout avait toujours été trop froid
(Râlait encore le mort)
Toute ma vie je suis allé trop loin
Et je ne vous faisais pas signe, je me noyais. »

Lewis et sa *novella* partagèrent le même destin, jusqu'à ce que le monde du livre leur offre une seconde chance.

Le succès international que ce texte rencontre depuis quelques années repose peut-être en partie sur sa capacité à résonner différemment selon le contexte de publication, ou d'une lecture à l'autre. L'introduction et la postface de la réédition britannique insistent par exemple sur le sentiment d'empathie que la solitude et la mort de Standish susciteraient. S'il est vrai que les détails de sa noyade ont pu activer chez moi quelques neurones miroirs, je dois cependant dire que pour ma part, en tant que lectrice et autrice de cette traduction, j'ai plutôt pris un malin plaisir à me pencher sur cette agonie en dix chapitres, ravie de me joindre aux Moires félines des dernières pages pour maintenir la tête de ce banquier sous l'eau, m'amusant d'une banale ordure dont la mort fictive n'est en un sens que justice poétique. Et je retiens de cette histoire que Standish s'était, au fond, levé bien trop tôt.

Fanny QUÉMENT

TABLE

Un gentleman à la mer 9

POSTFACE, *de Fanny Quément* 149

pca
cmb
édition pré-presse
livres numériques

44400 Rezé

Imprimé à Barcelone par:
CPI Black Print
août 2023

Imprimé en Espagne